MW01643976

EL PAIS de Don Quijote

punto de lectura

la oficina del autor

Título: **EL PAIS** de Don Quijote

Juan Bravo, 38. 28006 Madrid (España) www.puntodelectura.com

ISBN: 84-663-0308-1
Depósito legal: B-48.053-2005
Impreso en España – Printed in Spain

Diseño de cubierta: Pdl
Ilustración de portada: © Jacobo Pérez-Enciso
Diseño de colección: Punto de Lectura

Impreso por Cayfosa Quebecor

5023 / 01

EL PAIS de Don Quijote

Índice

Índice

Prólogo

Nuestro Señor Don Quijote

Una sociedad que se presta a conmemorar sus hitos culturales se arriesga también a dejar que pasen de largo como una cita social felizmente cumplida. Sin encontrar nunca el momento de preguntarse hasta dónde debió llegar el festejo ni cuán solvente ha sido en verdad el beneficio que de todo ello se ha sacado.

Si llegado el momento procediera hacer el balance de las celebraciones dedicadas a recordar el cuarto centenario de la aparición en España de *Don Quijote de la Mancha*, sería necesario convocar de nuevo a la coalición institucional que ha hecho posible el actual Año del *Quijote*. Tantas han sido las conferencias, charlas, seminarios, ediciones y espectáculos organizados y convocados por universidades, ministerios, periódicos y ayuntamientos.

No parece factible, sin embargo, demostrar el modo en que la figura de Don Quijote moldea la conciencia estética y moral de un país conmovido desde 1605 por la presencia de un personaje que parece andar anunciando su inminente encarnación.

La amplitud y hondura de esta influencia es inconcebible pero también es irrefutable la extraña y tenaz subsistencia de una figura literaria que recorre al revés la ruta de los hombres de carne y hueso cuya vida se recuerda con creciente dificultad. Se habla tanto de Don Quijote y resuenan de tal modo sus hazañas, duelos y palabras que no sería raro verlo habitar algún día entre nosotros.

Aunque nos sintamos inclinados a cultivar el irónico escepticismo que nos salva de males mayores —rindiendo así tributo a don Miguel de Cervantes— lo cierto es que no hay modo de comprobar algo que por otro lado nos parece evidente: la proximidad con la que hasta los iletrados sienten y entienden el magisterio de Don Quijote.

Por encima de la caricatura a la que todos pueden recurrir para soltar una risotada —la extravagante locura y todo eso— ha ido tomando cuerpo el señorío espiritual que transformó su desdicha en la única grandeza que puede ser admirada sin rubor. La nobleza de su insondable tristeza, el solipsismo de su promesa justiciera y la melancolía del amor eterno ¿no son acaso la más espléndida herencia que pudimos recibir de aquel enervado, cortés y ensimismado caballero?

En los artículos publicados por el diario *EL PAIS* durante este proceloso 2005 se comenta y rastrea la huella que ha dejado Don Quijote en nuestra educación sentimental y el modo en que una obra literaria ha ido dando forma a ese estado de ánimo en el que la decepción, la soledad y la nostalgia ayudan a descifrar e interpretar la historia del mundo.

La elocuente admiración que estos hombres de letras —y sus no menos inquietos lectores— dedican a Don Quijote es una meditación sinfónica sobre los matices de una personalidad destinada a sorprendernos. Sus reflexiones enriquecen la inconmensurable biblioteca universal del *cervantismo* y demuestran hasta qué punto puede renacer una y otra vez en las páginas de Don Quijote un lector asombrado. Pero las reflexiones recogidas aquí bajo el título de EL PAIS DE DON QUIJOTE también hablan —y de qué manera— de la España que hoy cita al insigne hidalgo para hablar de sí misma.

Sólo puede insinuarse como una temeraria sospecha, pero a duras penas resistimos la tentación de reconocer por doquier la influencia de Don Quijote. ¿No sería esta inspiración literaria la única fuente fiable que hoy, lejos del impostado optimismo contemporáneo, está en condiciones de decir algo interesante sobre nosotros mismos?

Al fin y al cabo, *Nuestro Señor Don Quijote* es el más exigente y generoso de nuestros ancestros, quizá el único ante el que podemos inclinar respetuosamente nuestra cabeza.

Basilio Baltasar
Director de la Oficina del Autor

LA BATALLA DEL MAR

Carme Riera

19/12/2004

En el congreso internacional *El Quijote y el Pensamiento Moderno*, que tuvo lugar en Barcelona el pasado junio, uno de los ponentes, después de su intervención, preguntó con extrañeza si don Quijote había estado en la ciudad. Pese a tratarse de un presunto experto —de lo contrario no hubiera sido invitado—, demostraba con su candorosa pregunta no sólo que no había leído el libro, al menos por completo, pese a haber escrito un texto sobre la novela, sino también que el *Quijote* se asocia casi siempre en exclusiva con La Mancha y el mundo rural en el que acontece la mayor parte de la acción. Sin embargo, la estancia barcelonesa del caballero y su inseparable escudero, aunque ocupa sólo cuatro capítulos —del LXI al LXV de la segunda parte—, resulta fundamental. Los cervantistas consideran que los capítulos que transcurren en Cataluña representan el triunfo definitivo de la realidad o, lo que es lo mismo, de la aventura auténtica, no inventada por la calenturienta imaginación de don Quijote ni impostada por los duques burladores. Además, por primera y única vez, visitan una ciudad que sin duda se contrapone, por tantos aspectos, con su pequeña aldea.

Después de su encuentro con Roque Guinart, que les acompaña hasta las puertas de Barcelona «por caminos desusados y sendas encubiertas» la víspera de San Juan, don Quijote y Sancho esperan en la playa —que hoy ocupa el llamado Palau de Mar— a que se haga de día. En cuanto amanece, oyen una música «de chirimías y atabales, ruido de cascabeles» y contemplan el mar por primera vez: pareciósles espaciosísimo y largo; harto más, puntualiza Cervantes, con un punto de ironía, que las lagunas de Ruidera, y ven las galeras engalanadas que disparan salvas contestadas desde el fuerte de Montjuïc. La ciudad está de fiesta porque es San Juan. No podía llegar don Quijote en mejor momento. Han salido a recibirle unos cuantos caballeros que le guían por la Puerta del Mar —donde está hoy la Escuela Náutica—, intramuros, seguidos por una multitud de muchachos; dos de ellos «encajan sendos manojos de aliagas» debajo de las colas de Rocinante y el rucio de Sancho, que dan con sus dueños en tierra... Cervantes parodia una entrada real. Don Quijote y Sancho son acogidos por don Antonio

Moreno, su cortés anfitrión, el discreto burlador de los manchegos, dueño de la cabeza encantada capaz de contestar a cuanto se le pregunta que tanto impresiona a estos. En Barcelona, don Quijote entra por primera vez en una imprenta. Para un personaje tan literaturizado como nuestro hidalgo, cuya obsesión son los libros y que desea con todas sus fuerzas convertirse en objeto literario, la visita a la imprenta supone todo un acontecimiento. Se cree que la imprenta aludida por Cervantes es la de Cormellas, que está situada en la calle del Call, muy cerca del Palau de la Generalitat y del Ayuntamiento, tal y como reconoce hoy una placa conmemorativa. Asimismo por primera vez toma parte en un combate naval auténtico, y aunque se trata de una escaramuza de las muchas que por entonces tenían lugar por estas costas, no deja de entrañar un peligro real. Finalmente, en la playa de Barcelona, el caballero es derrotado y pide la muerte porque jamás renunciará a sostener que «Dulcinea es la más hermosa mujer del mundo» en el que, para mí, es el pasaje más conmovedor del libro. Don Quijote, vencido, recupera no sólo su grandeza, sino su identidad heroica, una grandeza que fue mermando desde que salió de la Cueva de Montesinos y una identidad heroica que los episodios barceloneses ponen bastante en entredicho.

Menos populosa que la Sevilla o la Lisboa de la época, citadas en otros textos cervantinos, la Barcelona de inicios del siglo XVII tenía, según los historiadores, entre 30.000 y 40.000 habitantes. Paso prácticamente obligado para los viajeros que desde Castilla seguían ruta hacia Italia y también de los metales preciosos que provenientes de América se transportaban a Génova, y aunque por entonces no «tan rica i plena» como quisieran algunos, sí era una ciudad dinámica y bulliciosa que contaba con lo que hoy llamaríamos infraestructuras hoteleras suficientes para poder albergar a los forasteros. Así, los mesones de los que tenemos noticia eran diversos. La mayoría estaban ubicados cerca de la zona portuaria, no lejos del Pla de la Llotja, el más representativo espacio comercial de la ciudad, junto al paseo de la muralla que daba al mar, próximo al lugar donde una tradición cuenta que habitó Cervantes. Una leyenda urbana, que el *Manual del viajero de Barcelona* (1840) incluye por primera vez, señala como casa de Cervantes la que lleva el número 2 del paseo de Colón, desde cuyas ventanas podía verse la playa, el castillo de Montjuïc y el movimiento de las galeras que después aparecen en el *Quijote*. Serían, pues, estos recuerdos catalanes los que permitirían al escritor, sin necesidad de ejercitar la imaginación, pergeñar algunas de las más importantes escenas barcelonesas de la novela. No sabemos hasta qué punto la tradición es fiable ni qué amistades tenía Cervantes en Barcelona para no tener que hospedarse en un mesón —en caso de dar por cierta la leyenda—, como tampoco lo hicieron don Quijote y Sancho. Fueron ambos los invitados de don Antonio Moreno, amigo del bandolero Roque Guinart, de la facción de los *nyerros* (lechones) e igual que éste enfrentado con los *cadells* (cachorros), sus enemigos: persona de relevancia, cercana al virrey, con tan buenas conexiones con el poder establecido como con el marginal. En su casa, «grande y principal», con balcones, una marca arquitectónica que la ciudad de Barcelona no hacía mucho que había importado de Italia y en la que Cervantes parece haberse fijado, puesto que don Antonio Moreno saca al balcón a don Quijote para que vea el jolgorio de las fiestas y sea visto a su vez por sus conciudadanos sin sus arreos de pelear, el caballero y su escudero pasan unas dos semanas. Quien, en cambio, tuvo que conformarse con dormir en un mesón fue el bachiller Sansón Carrasco, el vecino de los manchegos que llegó a Barcelona en busca de don Quijote pocos días después que éste y, disfrazado de Caballero de la Blanca Luna, le venció, obligándole a que regresara a su casa y permaneciera en ella durante un año.

La ciudad de Barcelona, el punto más alejado de su aldea al que se desplaza don Quijote, contrasta precisamente con la indeterminación del espacio en el que, durante más de cincuenta años, ha vivido Alonso Quijano hasta el día en que se le cruzan los cables y se le mete en la cabeza la estrambótica idea de hacerse caballero andante. Así, frente al lugar no precisado de La Mancha de cuyo nombre no quiere acordarse el autor, un lugar que no le apetece identificar, con el que se inicia la primera parte del *Quijote*, en la segunda se refiere de manera directa y precisa a la ciudad de Barcelona, adonde Cervantes manda sus personajes después de leer que Avellaneda ha hecho que participaran en las justas de Zaragoza, donde estaba previsto que fueran si el presunto autor de Tordesillas no hubiera continuado su libro, torciendo sus primitivas intenciones. En última instancia fue, pues, Avellaneda el responsable de que Cervantes cambiara sus planes novelísticos cuando estaba terminando su obra y de que Zaragoza se quedara sin la visita del verdadero *Quijote*, que al saber que su homónimo falso ha estado allí dirige sus pasos a otro lugar, un lugar que podría haber sido cualquier otra ciudad real o inventada y no necesariamente Barcelona.

¿Por qué motivos escoge Cervantes Barcelona? ¿O, mejor, qué tenía Barcelona que no tuvieran otras ciudades españolas de la antigua Corona de Aragón para ser la elegida? Valencia, sin ir más lejos, era una ciudad prestigiosa y boyante que miraba también al mar, en cuyo puerto desembarca Cervantes en 1580 tras los cinco años de cautiverio en las cárceles de Argel y en cuyas prensas se reedita dos veces la primera parte del *Quijote* en 1605. En el Persiles, además, le dedica unas líneas de elogio. Cierto que, desde el castillo de los duques, Valencia quedaba más a trasmano, pero eso poco había de importar a Cervantes, acostumbrado a manejar las distancias a su antojo. La razón tiene que ser otra u otras. Y la primera está muy clara: don Quijote va a Barcelona porque a Cervantes le da la real gana. ¿Tiene esa real gana cervantina algo que ver con una posible estancia del escritor en Barcelona o sólo con que la Cataluña de la época, infestada de bandoleros, dominaba por banderías mafiosas y cuyas costas eran de continuo acechadas por los ataques corsarios, propiciaba más aventuras que ningún otro lugar de la Península? ¿Se sintió tan fascinado Cervantes por Perot Rocaguinarda, el bandolero de carne y hueso que da pie al personaje de Roque Guinart, como don Quijote por éste? No hay que olvidar que el jefe de la partida de bandoleros con los que se topan caballero y escudero al entrar en tierras catalanas, está basado en un personaje histórico; una especie de El Lute de la época que, tras ser amnistiado de sus muchas fechorías, tuvo que salir de Cataluña en 1610 y acabó de capitán de infantería de los Tercios de Nápoles. ¿Lo pasó bien Cervantes entre los catalanes, hizo amigos? ¿Fue la suya una estancia feliz? ¿Le gustaron las fiestas de San Juan, que parece conocer bien? ¿Se divirtió en las tabernas de la ciudad o en sus garitos, que eran muchos? ¿Pudo tener amores con alguna catalana, dama más o menos principal, como las amigas de la señora Moreno, «de gusto pícaro y burlonas», o con mujer de tabernero, como lo era de uno de Madrid, Ana Franca, la madre de su única hija, Isabel?... Cuantas preguntas, inteligentes o estúpidas, puedan ocurrírsenos carecen de respuestas fiables. Nos movemos, pues, entre conjeturas, ya que no consta documentalmente que Cervantes hubiera visitado alguna vez Barcelona. Su biografía cuenta con muchas zonas oscuras que, lo más probable es que no puedan esclarecerse nunca. Sin embargo, los cervantistas consideran casi segura una estancia barcelonesa del escritor y algunos añaden que su probado afecto por Cataluña, Barcelona y los «corteses catalanes, gente enojada, terrible y pacífica, suave», como asegura en el Persiles, no puede ser sino fruto de un conocimiento directo.

Durante el siglo XIX se pensó que Cervantes pasó por Barcelona en 1569, cuando, fugitivo de la justicia a consecuencia de una reyerta con Antonio de Sigura, trataba de huir a Italia para establecerse en los Estados Pontificios, donde no podía ser castigado ni extraditado, ya que pesaba sobre él una orden de búsqueda y captura que implicaba la posibilidad de que le cortaran una mano. Riquer considera que hay que situar la estancia barcelonesa de Cervantes mucho más tarde, en época más reposada, cuando el autor contaba con 62 años y no con sólo 22, y eso ocurriría en 1610. Poco importa que Cervantes viniera entonces por primera vez a Barcelona o regresara después de muchos años. Apunto aquí, de pasada, que quizá cupiera situar aquella primera vez en 1571, junto a su hermano Rodrigo, con las tropas que habrían de combatir en Lepanto que, al mando de don Juan de Austria, embarcaron en Barcelona. Consta documentalmente que fue arcabucero de la compañía de don Diego de Urbina, del tercio del catalán don Miguel de Montcada. Y sabemos que ese tercio, tras combatir contra los moriscos de las Alpujarras, se recompuso en Barcelona, de donde zarpó el 11 de julio de 1571. Claro que esta estancia barcelonesa comportaría que hubiera regresado de Italia en 1570, cosa no imposible, puesto que al obtener su padre a finales de 1569, a petición de Miguel, un certificado en el que se probaba que su familia era tenida por hidalga, podía volver a España sin el temor a que le dejaran manco, puesto que los hidalgos no podían, por ley, ser sometidos a tormento. Apoyaría esa hipótesis el hecho de que desconocemos qué hace entre 1569, cuando deja de servir al cardenal Aquaviva como camarero, y 1571, cuando le encontramos combatiendo en Lepanto.

Sea como fuere, la pretendida estancia barcelonesa de 1610 parece la más probable; además permite suponer que, en el verano de 1614, mientras terminaba a toda prisa la segunda parte del *Quijote*, tuviera fresca la memoria de cuanto había visto hacía tres años, pese a mostrarse tan parco en ofrecernos detalles, como nombres de calles o de lugares concretos, que ahora nos serían muy útiles para saber si Cervantes escribe o no de oídas respecto a la ciudad. Según la hipótesis de Riquer, Cervantes fue a Barcelona en 1610 para tratar de entrevistarse con el conde de Lemos, que, rumbo a Nápoles, de donde había sido nombrado virrey, había hecho escala en la Ciudad Condal junto a su numeroso séquito entre el 5 y el 10 de junio de aquel año. El autor del *Quijote*, valiéndose de su amistad con los Argensola, que acompañaban al conde, pretendía pasar a Nápoles también a su servicio. Sin embargo, ni siquiera consiguió ver a Lemos. Pero sí, probablemente, disfrutó de la ciudad, de su animada vida, y anotó en la cabeza o en el papel escenas que le sirvieron luego para sacarlas en *Las dos doncellas* y en el *Quijote*. En ambos textos piropea a Barcelona de manera francamente generosa, en un caso, e hiperbólica incluso, en otro. Escribe así en *Las dos doncellas*: «Admiróles el hermoso sitio de la ciudad, y la estimaron por flor de las bellas ciudades del mundo, honra de España, temor y espanto de los circunvecinos y apartados enemigos, regalo y delicia de sus moradores, amparo de los extranjeros, escuela de la caballería, ejemplo de lealtad y satisfacción de todo aquello que de una grande, famosa, rica y bien fundada ciudad puede pedir un discreto y curioso deseo».

Y en el capítulo LXXII de la segunda parte del *Quijote*: «Y así me pasé de claro a Barcelona archivo de la cortesía, albergue de los extranjeros, hospital de los pobres, patria de los valientes, venganza de los ofendidos y correspondencia grata de firmes amistades, y en sitio y en belleza, única; y aunque los sucesos que en ella me han sucedido no son de mucho gusto, sino de mucha pesadumbre, los llevo sin ella, sólo por haberla visto».

Casi siempre el piropo quijotesco suele transcribirse incompleto, cortado en «única». A mí me parece que tomado en su conjunto tiene mucho más interés, aunque quizá resulte un tanto impropio y desapoderado puesto en boca de Don Quijote, que lleva «sin pesadumbre» su derrota —eso es la evidencia de su fracaso como caballero— «sólo por haber visto la ciudad», cuanto más que en el capítulo LXVI, al volver la vista hacia el sitio donde había caído, exclama: «¡Aquí fue Troya! ¡Aquí mi desdicha y no mi cobardía se llevó mis alcanzadas glorias, aquí usó la fortuna conmigo de sus vueltas y revueltas, aquí se oscurecieron mis hazañas, aquí finalmente cayó mi ventura para jamás levantarse!».

En cambio, puesto el elogio en boca de Cervantes, no resultaría tan exagerado: aunque pretendiente en vano ante Lemos, pudo ser tan afablemente acogido en Barcelona que diera por bien empleado el fracaso de su cometido. No trato con ello de inmiscuir la biografía personal de Cervantes en los episodios barceloneses, pero sí de llamar la atención sobre el hecho de que los escritores, de Cervantes para abajo, empleamos todos los materiales a nuestro alcance —también, por supuesto, los autobiográficos— para alimentar nuestras ficciones. Es más, incluso aventuro que elogio tan desmedido quizá estuviera suscitado para bailarle el agua a alguna personalidad catalana o de origen catalán que pudiera favorecer alguna pretensión cervantina, y no estaría de más tratar de seguir esa pista posible. Es cierto que en sus obras aparecen elogios a otras ciudades: a Lisboa, a la ya mencionada Valencia, a Roma especialmente; pero los tres son menos contundentes que el puesto en boca de don Quijote dedicado a Barcelona.

El epígrafe del primer capítulo barcelonés, «De lo que sucedió a don Quijote en la entrada de Barcelona, con otras cosas que tienen más de lo verdadero que de lo discreto», ha sido considerado como un aviso de las intenciones realistas del autor con respecto a los acontecimientos catalanes de los que parece querer dar cuenta. En la Cataluña de la época se vivía más en vilo y con más peligros, si cabe, que en Castilla. La aventura, acompañada a veces de la consiguiente desventura, podía surgir en el momento más impensado en cualquier lugar. En cuanto entran en tierras catalanas, Sancho nota con horror sobre su cabeza unas piernas y unos pies que cuelgan de los árboles. Don Quijote, para tranquilizarle, le dice que se trata de bandoleros y forajidos ahorcados por la justicia, «por donde me doy a entender que debo de estar cerca de Barcelona». Luego sabremos que los ajusticiados no son tales, sino bandidos que duermen encaramados en los árboles. Pertenecen a la partida de Roque Guinart, ante cuya presencia, hoy diríamos que *glamourosa* —él sí lleva una vida en verdad apasionante sin necesidad de inventársela—, don Quijote, como muy bien apunta Riquer, queda mermado, casi diluido. Notemos además que es en el episodio de este encuentro cuando caballero y escudero y nosotros con ellos presenciamos dos muertes violentas: la de Vicente Torrellas a mano de Claudia Jerónima, vengadora de su honra, y la de un bandolero protestón a manos del propio Roque Guinart, algo que no había ocurrido antes en el libro.

Real e históricamente cotidiana aparece también la escaramuza bélica a la que asisten desde una galera, muertos de miedo, don Quijote y Sancho. A todo ese cúmulo de realidades, quizá demasiado insoportables para el caballero, podemos añadir que es en Barcelona donde se desenmascaran, eso es, vuelven a su verdadera realidad, diversos personajes que se nos habían presentado disfrazados, como Ana Félix o el Caballero de la Blanca Luna, y aunque el procedimiento del disfraz encubridor, uno de sus recursos predilectos, lo había usado Cervantes con anterioridad, baste pensar en Dorotea o en Ricote: aquí el desenmascaramiento propicia un punto y final de la historia de don Quijote y de la historia de los moriscos, cuya expulsión se consumó en la vida igual que en la novela. No deja de ser curioso que Cervantes aproveche el paso de don Quijote por tierras catalanas para tratar de dos temas candentes de su época: el bandolerismo y la expulsión de los moriscos.

Cataluña se ha sentido representada en esa «realidad», que Cervantes plasmó con tanta maestría en los episodios que transcurren en sus tierras, orgullosa de ese talante que tanto tiene que ver con «el seny i el tocar de peus a terra», tan a menudo reivindicado por quienes consideran que existen características diferenciales en el carácter que aglutina a los habitantes de los distintos pueblos que integran las naciones. En especial por cuantos, en el pasado tercer centenario, debatieron sobre la conveniencia de que Cataluña participara en los actos de homenaje a Cervantes o se mantuviera al margen de la celebración. El enfrentamiento, del que dan cuenta pormenorizada los periódicos y revistas que en 1905 publicaron números quijotescos planteaba, a la postre, el debate Cataluña-España. Por aquel entonces, a principios del siglo XX, el *Quijote* había sido usufructuado también por el casticismo españolista más visceral, que chocaba con el nacionalismo catalán emergente. De ahí que, en algún momento, arrecien las salidas de tono de uno u otro lado. «Quedinse'ls castellans amb el seu *Quijote* y bon profit els fassi, que nosaltres no som de la seva parròquia» («Quédense los castellanos con su *Quijote* y buen provecho les haga, que nosotros no somos de su parroquia»), escribe Folch i Torres en *La Tralla*. «Más vale un *Quijote* que todas las manufacturas de algodón de esos catalanes», espeta un periodista de Madrid de cuyo nombre no quiere acordarse ni siquiera quien le replica, Ramón Miquel y Planas, en la revista *Joventut*, mostrando, por el contrario, hasta qué punto los catalanes han contribuido con ediciones y estudios a la pervivencia del libro cervantino, un aspecto que ya notó en 1895 Carreras y Candi, en su ensayo *El cervantisme* a Barcelona. En Barcelona se imprimen a la vez, ya en 1617, las dos partes que vende juntas el librero Rafael Vives, y desde entonces jamás han vuelto a editarse por separado.

Catalán fue Isidre Bonsoms, que a finales del siglo XIX reunió la biblioteca cervantina más importante de España, hoy conservada en la Biblioteca Nacional de Cataluña. Catalanes o residentes en Cataluña fueron también el coronel López Fabra, autor de la primera edición facsímil; Leopold Rius, que inició la biografía crítica de las obras de Cervantes, y Clemente Cortejón, que llevó a cabo la primera edición crítica, continuada por Givanel. También la última, patrocinada por el Instituto Cervantes y dirigida por Rico, ha sido elaborada en gran parte por catalanes de nacimiento o de adopción.

Esa contribución catalana incuestionable, que continúa a lo largo del siglo XXI y que con Martín de Riquer a la cabeza llega a las puertas de la celebración del cuarto centenario, en 2005, prueba que han sido muchos los catalanes que han considerado a Cervantes como un escritor propio. Por eso, en el 400º aniversario de la primera edición del *Quijote*, para ser agradecidos y justos con el trabajo de los cervantistas y más aún con Cervantes —que no sólo escribió el mejor libro de libros, una novela que trata de cómo se escriben novelas, una obra extraordinaria, un juego paródico en el que campea la ironía, sino que se tomó la molestia de que don Quijote y Sancho vinieran a tierras catalanas—, Barcelona ha declarado 2005 año del libro y la lectura. Y está bien que así sea, ya que Barcelona comienza su andadura como ciudad literaria gracias a que Cervantes la escogió. Con su elección hizo posible que la capital de Cataluña fuera internacional ya desde el siglo XVII, a partir del momento en que el *Quijote* se convierte en el libro más traducido después de la *Biblia*.

VOLAR

Ricardo Cantalapiedra

09/01/2005

Desde que llegó [illegible] gase [illegible] la capital no [illegible] tera un español [illegible] de octubre de la jornada. [illegible] pando a las beneficiosas [illegible] modernidad [illegible] en Ma[illegible] [illegible] del [illegible] bajo. [illegible] un conflicto que [illegible] los intereses del mundo por [illegible] de los [illegible]

[illegible] como [illegible]

Don Quijote llegó hasta Barcelona, pero no pasó por Madrid, a no ser que lo hiciese de incógnito, cosa más que probable. Parece como que la capital no existiera en la obra cumbre de la literatura española, excepción hecha de los títulos de crédito de la portada. Únicamente se alude de pasada a las beneficiosas aguas de Leganés o a la tosquedad con que se hablaba el castellano en Majadahonda. También es cierto que el ingenioso hidalgo estaba como una cabra, y su escudero también. Hacían cosas desatinadas y políticamente incorrectas que llevaron el aire de España a todos los rincones del mundo por los siglos de los siglos.

Puestos a suponer, como hacen multitud de expertos, bien se puede defender que Cervantes, vecino de Madrid, utilizase algunos parajes de la capital para ubicar ciertos capítulos de la novela, sobre todo cuando se habla de verdes praderas, arroyuelos amorosos o temerario ruido de batanes. No es difícil descubrir que muchas escenas del *Quijote* fueron rodadas en el Retiro o la Casa de Campo, lugares bien conocidos por el manco de Lepanto y que eran muy adecuados para ubicar, por ejemplo, los bosques de las cacerías de aquellos condes ilustrados que concedieron a Sancho Panza el gobierno de la ínsula Barataria. A lo mejor, incluso, esa ínsula era la ciudad de Madrid, un sitio donde nada es barato, como bien sabía Cervantes.

Es fácil que toda la aventura de Clavileño tuviera lugar en un huerto de las Salesas, consiguiendo así don Quijote ser el primero en sobrevolar Madrid sin perder tierra, lo cual es un portento mucho mayor que el invento del autogiro de Juan de la Cierva. Precisamente tal día como hoy, el 9 de enero de 1923, el autogiro sobrevoló por primera vez la capital. Es una pena que don Alonso Quijano no se topara en alguna de sus hazañas con un autogiro, porque la hubiera montado de altos vuelos y hubiera dado mucho trabajo a los ilustradores gráficos. Don Quijote estaba siempre volando, siempre en las nubes. Pero Clavileño no perdió tierra en ningún momento. Ahí está la clave.

LAS COLLEJAS QUIJOTESCAS

J. J. Pérez Benlloch

13/01/2005

Me parece de perlas el despliegue publicitario y editorial que se está haciendo para conmemorar el 400 aniversario de el *Quijote* y aproximarnos a la figura de su autor. Nunca será bastante cuanto en este sentido se haga porque, a decir verdad, y por estos pagos, el número de lectores reales del ingenioso caballero sigue siendo muy inferior al de cuantos declaran serlo, por no hablar de quienes desdeñan la obra cervantina porque fueron empapuzados con ella a modo de castigo. Me refiero a los escolares de la enseñanza pública de las décadas de los 40 y 50 del siglo pasado, forzados a aprehender sus primeras letras cervantinas bajo la férula del pánico. Prodigio sería que no odiasen de por vida ése y todos los libros de caballerías juntos.

Eran aquellos, ya se sabe, años recientes de postguerra. Los maestros de escuela, como era lógico, pertenecían al bando de los vencedores de la Cruzada, lo que no garantizaba su competencia. El mío, en aquel Elche, cuya ciudadanía fue depurada hasta las heces por roja, se llamaba don Eliseo y tenía fama de riguroso, además de tener pinta de derrotado. Con el tiempo he comprendido que era propio de un santo varón vérselas a diario con un centenar de desarrapados y que la desesperación o desesperanza no se le trucase en violencia. Pero si esta afloraba en algún instante era en la temida hora de la lectura, que indefectiblemente versaba sobre don Quijote y Sancho, el único texto disponible y bendecido, al parecer, por la autoridad competente y eclesiástica.

Nunca, desde entonces, he podido abrir el eximio libro cervantino sin evocar, entre conmovido y cabreado, aquel temor a la colleja que comportaba trabucar una palabra, no pausar en una coma o trasladar un acento. Cada error, pescozón al canto. Era aquello de que la letra con sangre entra, pero el resultado fue una tirria descomunal al de la Triste Figura. Añádase a esta severidad la tan a menudo olvidada agravante de que esta poción cervantina se nos administraba *manu militari* a una patulea de mozalbetes valencianoparlantes, minusválidos para leer la lengua cervantina que no hablábamos comunmente en casa ni en la calle.

Debo suponer que, con los años, todos o buena parte de aquellos damnificados nos hemos reconciliado con el hidalgo de la Mancha, ajeno a tan odiosa pedagogía y contexto social. Debo suponer, digo, porque lo lógico es concluir que aquellas fueron unas promociones irremisiblemente alienadas con respecto a nuestro gran libro. Yo mismo lo hubiese quemado en la hoguera del olvido de no ser porque me sugestionó un pariente torrentino, sentencioso y cervantino hasta el tuétano —además de republicano—, capaz de recitar de corrido largas parrafadas y hasta capítulos enteros, tal era su devoción por el hidalgo y su escudero.

Decía y reitero que ha sido gran cosa, a propósito de la efeméride, promover sin avaricia la lectura y divulgación de esta obra única. Y si he rememorado el episodio de las collejas que queda referido no ha sido más que por describir cómo transcurrió para muchos un tiempo lejano y mortificante, aunque no tanto —pues todo hay que decirlo— como el mezquino ocultamiento que a los valencianos se nos infligió acallando la existencia de otro caballero y libro, el *Tirant lo Blanc*, que descubrimos tarde, y a trancas y barrancas. Mal un caso, peor el otro.

EN ESTE AÑO CERVANTINO

Eduardo Uriarte Romero

13/01/2005

Un buen amigo, poco tiempo antes de fallecer, descubrió la razón por la que yo lo pasaba bien leyendo el *Quijote*. Recuerdo que se escandalizaba cuando veía que con su lectura acababa riéndome. Lo contó en una conferencia, lo que me produjo un cierto sonrojo y desasosiego, porque podría entrar en un análisis psicológico: yo podía pasarlo bien con el *Quijote* porque era bastante menos nacionalista que él. Por el contrario, él no podía leerlo a gusto porque se identificaba demasiado, cual el vizcaíno de la primera parte del libro, con nuestro enajenado héroe, incapaz de apreciar el paradójico sentido del humor, la fina ironía, y el serio contrapeso que ejercitaba la pedestre sensatez de Sancho. Él acabó achacando al excesivo doctrinarismo de su juventud el que no pudiera disfrutar del *Quijote* como yo.

No tiene mérito descubrir hoy en Zapatero a don Quijote. Pero el otro día, cuando le vi acompañado por Bono en el patio de la Armería del Palacio Real pasar revista tras el Rey a esos soldaditos de plomo tamaño natural que son los de la Guardia Real, tuve una revelación: ¡ahí estaba nuestro Sancho!, ¡es Bono! No solamente porque organizó una toma de posesión del ministerio digna de los festejos de su paisano cuando le hicieron gobernador de la ínsula de Barataria, sino que, cual Sancho, en los momentos trascendentales se eleva y adopta un papel egregio y hasta áulico, molestado únicamente por su pronunciado *guegueo*. Imitando al cardenal Cisneros cuando, ante los nobles levantiscos, les enseñó por la ventana sus cañones y les hizo entender dónde residían sus poderes, Bono, en la Academia de Toledo, dijo que en la Constitución cabe lo que cabe, para ver después el desfile de los BMR; y lo mismo en el discurso de la Pascua Militar, después de la revista a los soldaditos de plomo.

Es verdad que lo dijo con una cierta tosquedad manchega. Y más en estos tiempos de poca conciencia y poca reflexión, en los que recordar que todo orden político al final se asienta en unos instrumentos de coerción necesarios resulta una ordinariez, cuando en otras democracias forman parte de lo sobrentendido. Hace bien Sancho en recordar los fundamentos finales, no vaya a pasar como con la Constitución de Cádiz, una serie de ideas estupendas pero faltas de los instrumentos para hacerlas prevalecer. Que al final el buen rollito idealista del Quijote no tenga que ser solucionado cuando no funciona por Sancho. Que no le tenga que avisar éste, como en el episodio de la cuerda de presos, que el *plan Ibarretxe* no es una propuesta más, que se rechaza en el Congreso y no pasa nada. Que, por el contrario, los auténticos desgraciados no son los presos que llevaba custodiados la Santa Hermandad, sino las víctimas del terrorismo, los miles de acosados y extorsionados en el País Vasco, que encima tuvieron que padecer el sábado en Bilbao una formidable manifestación de Batasuna enalteciendo a De Juana Chaos.

Aunque esa forma de expresarse tan sincera resulte tosca, puede ser útil. Porque el problema no es principalmente el *plan Ibarretxe*, que al fin y al cabo va ser rechazado, sino la dinámica abierta por el nacionalismo vasco desde el Pacto de Estella, que ha acabado legitimando con los votos del brazo político de ETA estos veintiséis años de terrorismo contra la Constitución y la democracia, educa en la exclusión del disidente y convierte a jóvenes en fanáticos doctrinarios incapaces de leer no sólo el *Quijote* sino cualquier obra con un poso de humanismo. Lo grave no es el *plan Ibarretxe*, sino esa dinámica hacia el totalitarismo nacionalista.

Por eso, no vendría mal, contra lo que se aconseja, un cierto dramatismo en su rechazo, un otorgamiento de la importancia que tiene, una cierta escenografía de condena mayoritaria y al unísono. No vendría mal, sobre todo, para los que en Euskadi aguantan el tipo y descubren desesperados que el *plan Ibarretxe* amenaza con dinamitar los inseguros puentes de consenso y convivencia entre las principales fuerzas que todavía aguantaban. Porque el *plan Ibarretxe* no es una propuesta más en este año cervantino.

DEJEN EN PAZ AL QUIJOTE

Manuel Lloris

14/01/2005

Con eso del cuarto centenario del *Quijote* —dicen que no lo ha leído casi nadie— se está haciendo demasiada bulla. Digo esto, más o menos, y casi le quitaría la mitad, pues si algún libro hay de fácil apariencia y difícil uso para ingenuos es este *Don Quijote de la Mancha*. De ahí que su lectura sea únicamente apta para individuos nacidos con la literatura metida en los huesos (o, más gráficamente, en la masa de la sangre). A quienes, por cierto, no les asombre la ganancia, pues entre otras cosas, nunca llegarán a teniente de alcalde del Ayuntamiento de Valencia, que en les vería el plumero antes que la pluma.

He visto por aquí una traducción abreviada del *Quijote* para niños. Al parecer, se pretende que nuestros cachorros tomen contacto con las letras y le cojan gusto al asunto. Deben pensar los autores que por la vía de la fácil [illegible] montañas. Lo que conseguirán [illegible]

Con eso del cuarto centenario del *Quijote* —libro que no ha leído casi nadie— se está haciendo demasiada bulla. Digo casi nadie y a ese casi le quitaría la mitad, pues si algún libro hay con fácil apariencia y dificilísima digestión es éste, *Don Quijote de la Mancha*. De ahí que su lectura sea únicamente apta para individuos nacidos con la literatura metida en los huesos o, más gráficamente, en la masa de la sangre. A quienes, por cierto, no les arriendo la ganancia, pues entre otras cosas, nunca llegarán a teniente de alcalde del Ayuntamiento de Valencia; que se les vería el plumero antes que la pluma.

He visto por aquí una traducción abreviada del *Quijote*. Para niños. Al parecer, se pretende que nuestros cachorros tomen contacto con las letras y le cojan gusto al asunto. Deben pensar los autores que por la vía de la banalización se trepan montañas. Lo que conseguirán, naturalmente, es que los críos, cuando sean mayores, crean que han leído y comprendido el *Quijote* y, por extensión, todo lo demás. O que algunos espabilados se digan «tan gran puente para tan pequeño río». En cualquiera de los casos, habrán contribuido al espesor mental que tan lozanamente fructifica en nuestro sistema educativo. Pero los críos, ah. ¡Cuán locamente se divirtieron con las esperpénticas hazañas del flaco Alonso y del gordo Sancho! De gentes así será el reino de los cielos.

Para terminarlo de fastidiar, este *Quijote* para niños está traducido al valenciano, con lo que se le presta un flaco servicio a esta lengua. Si la poesía resiste mal la traducción, como es bien sabido, también hay libros no traducibles sin mengua. Naturalmente, esto no es un juicio de valor, no quiere decirse que el valenciano no llega. Haciendo una pirueta cabría incluso decir que es lo contrario: no llega el castellano. Demasiado idiosincrático, demasiado impregnado hasta de los suspiros de la tierra y sus gentes. Desde esas páginas lo universal se transmite con el susurro de las praderas, de los montículos, de los cantos rodados. Y si no es como digo, qué más da. He querido poner de manifiesto lo espinoso de los juicios de valor sobre las lenguas. Ahora bien, la traducción a la que me refiero es más bien ejecución al amanecer del idioma valenciano. No pude pasar de la primera página, que para muestra basta un botón. El ritmo se rompe enseguida y los matices desaparecen. Y me pregunto si para facilitarles la lectura a los chicos la «lanza en astillero» se convierte en «pared», como si en valenciano no existiera traducción para lanza en astillero. Para el ritmo del lenguaje cervantino, eso es letal. En cuanto al vocabulario, lo que no se aprende temprano difícilmente se aprenderá en años más tardíos, en una cultura que tiende a reducir el habla a la mínima expresión. Las ideas se formulan con palabras, pero hemos olvidado hasta qué punto las palabras contribuyen a la formación de ideas.

Hemos visto un torrente de artículos en preparación del magno acontecimiento. No caeré en la soberbia osadía de afirmar que todos yerran el tiro. Algunos son espléndidos y otros simplemente interesantes. Pero se advierte también una obsesión por decir algo nuevo y brillante sobre el *Quijote*. Todos Virginia Wolf. («La literatura no es coto privado de nadie .. Mi Shakespeare, no el de otro».) Nos diluirán el festejo con tantas celebraciones y encima oiremos una sarta de disparates paridos por el acuciante imperativo de la originalidad. Fatigarán al personal y conseguirán que una efemérides merecidísima acabe oliendo a propaganda incluso con acento político.

Volviendo a las interpretaciones. Una de ellas exalta a don Quijote a partir de su cobardía. Leyendo este artículo, que no es malo a pesar de su extravagante tesis, me acordé de una tesis doctoral que intentaba convencernos de que don Quijote era comunista, aunque no militante porque entonces no existía el partido. Pero vaya. Cuando los arrieros mantean a Sancho en el corral de la venta, don Quijote observa la agonía de su escudero tras las bardas. Grita, insulta a los agresores, pero no interviene... porque la venta está cerrada. «Probó a subir desde el caballo a las bardas, pero estaba tan molido y quebrantado que aun apearse no pudo...». El autor del artículo, sin embargo, cita este episodio como ejemplo de la cobardía de don Quijote. Es lo que tiene forzar los hechos para que cuadren con nuestra opinión, que es prioritaria.

«Los consejos de don Quijote son sabios y de increíble vigencia», opina don Belisario Betancur, escritor y ex presidente de Colombia. Ellos son tales que «deberían ser grabados con letras de oro en todas las salas de gobierno y de justicia del mundo actual». Ciertamente, son consejos admirables, pero no por su originalidad, que no es total. Cosa que sabía y sabe Martín de Riquer, un sabio tan ecuánimemente enamorado del *Quijote*, que yo todavía utilizo su edición de la gran novela. «Sin duda alguna», escribe Riquer, «Cervantes tuvo especialmente en cuenta los clásicos aforismos de Isócrates, ya vertidos en su tiempo al castellano». Y también: «... parece evidente que en ellos (los consejos) pesa la influencia erasmista más ortodoxa». Es obvio que Martín de Riquer también admira este pequeño fragmento del *Quijote*, pero más por su engarce en la obra y por su maravillosa forma que por su originalidad.

Acaso también por su audacia. El erasmismo español estaba ya en estado de sitio cuando se escribió el *Quijote* y Cervantes se atrevió, no obstante, a ir más lejos que «la influencia erasmista más ortodoxa» citada por Riquer. El gran Erasmo nunca estuvo tanto del lado de la mujer como Cervantes, quien llega incluso a justificar la infidelidad de la esposa en ciertos casos. Asimismo, Cervantes deja entrever su disconformidad con la expulsión de los moriscos. En cuanto a la relación del hombre con Dios, en el *Quijote* parece que Cervantes está más cerca de Lutero que de Erasmo.

Quienes dicen que Shakespeare es conmemorado todos los años —en defensa del atosigamiento del cuarto centenario— olvidan que el autor de *King Lear* es un dramaturgo en plena vigencia, aunque sin la «diabólica» profundidad del *Quijote*. Una representación teatral no es como una lectura íntima. En cuanto a esas lecturas públicas del *Quijote*... Dios los perdone.

EL REBUZNO

Manuel Rivas

22/01/2005

[illegible]

Marx regalaba el *Quijote* [illegible] de la casa natal, una de las piezas [illegible] es el ejemplar de la obra de Cervantes que [illegible] Karl dedicó al colega Engels. [illegible] también sus querencias poéticas. Pero su género preferido, sin duda, habría sido el de las novelas de serie negra estadounidenses del siglo XX. También habría disfrutado con el Pepe Carvalho de Montalbán, pues era comilón, cosmopolita y más irónico que sus posteriores exégetas. Siempre ha habido una íntima conexión entre el malhumor y el dogmatismo autoritario. (Una forma paradójica de marxismo divertido es el anti-marxismo de *Ninotchka*, de Ernst Lubitsch, con su diatriba perfectamente vigente, sobre todo en día de fútbol, contra las pamelas: «¿Cómo sobrevive una civilización que permite a sus mujeres llevar eso en la cabeza?».) Con mucho [illegible]

Marx regalaba el *Quijote*. En Tréveris, en la casa natal, una de las piezas más llamativas es el ejemplar de la obra de Cervantes que el joven Karl dedicó al colega Engels. Son conocidas también sus querencias poéticas. Pero su género preferido, sin duda, habría sido el de las novelas de serie *negra* estadounidenses del siglo XX. También habría disfrutado con el Pepe Carvalho de Montalbán, pues era comilón, enamoradizo y más irónico que sus posteriores exégetas. Siempre ha habido una íntima conexión entre el malhumor y el dogmatismo autoritario. (Una forma paradójica de marxismo divertido es el anti-marxismo de *Ninotchka*, de Ernst Lubitsch, con su diatriba perfectamente vigente, sobre todo en día de boda, contra las pamelas: «¿Cómo sobrevive una civilización que permite a sus mujeres llevar cosas como esa en la cabeza?».) Con mucho sarcasmo, Marx aporta las mejores claves para explicar el origen de la novela policial en un texto de la *Historia de las doctrinas económicas* en el que suelta: «Un filósofo produce ideas; un poeta, versos; un cura, sermones; un profesor, tratados, etcétera. Un delincuente, delitos». Y más adelante explica: «Se puede demostrar minuciosamente la influencia que el criminal ejerce en el desenvolvimiento de la fuerza productiva. ¿Se habría alcanzado la actual perfección en cerraduras si no hubiese ladrones? ¿Tendría la fabricación de billetes de banco su actual nivel de perfección sin los falsificadores de moneda...?». Esta serie de preguntas, planteadas como peldaños, nos llevarían seguramente a muy altas cumbres. *El Capital* podría estudiarse como una obra detectivesca. Lástima que Marx no le diera a la investigación la forma de novela. Estaría en el apartado de obras maestras, junto a su querida *Los salteadores*, de Schiller, y no en el de ataúdes. ¿Es el *Quijote* una novela *negra?* En gran parte, sí. La misión que afrontan el caballero y su ayudante, el «desfacer entuertos» en una España en declive imperial, el empeño en llegar a la verdad de las cosas, el arma de la ironía, tiene su continuación en los grandes detectives independientes americanos, como el Op Continental, de Dashiell Hammett, que pone al descubierto las mentiras en *Poisonville*. He llegado a semejante conclusión no por mi cuenta, sino gracias a Bush y la heterodoxa imitación del rebuzno por Sancho Panza.

EL DEMONIO DEL MEDIODÍA

De cómo Alonso Quijano goza de doble alma renacentista al buscar la perfección en una imitación

Javier Gomá Lanzón

29/01/2005

[illegible]

Llámase «Demonio del mediodía» a la crisis de personalidad que muchos varones experimentan al cumplir los cincuenta años. Les nace un deseo, que creían ya sepultado desde la mocedad, de algo nuevo, que les devuelva la ilusión por vivir. Durante demasiado tiempo, discurren, han cumplido con puntualidad y sin emoción todos los deberes profesionales y familiares que se les habían amontonado encima de los hombros, y se les hace evidente ahora que ha llegado el momento de ocuparse del deber hacia uno mismo. Quieren *sentir* la vida, que empieza a declinar, antes de que les abandone del todo. Con frecuencia, el achaque lo desencadena un nuevo o antiguo amor; otras veces, una necesidad irreprimible de cambiar de trabajo. A Alonso Quijano el demonio del mediodía le tentó con ambas cosas. «Frisaba la edad de nuestro hidalgo con los cincuenta años», registra con exactitud el primer capítulo del *Quijote*, cuando se inicia la primera salida. Atrás una existencia anterior de hidalgo pobre y desmedrado; vengan aventuras, amores, lances y correr el mundo. La novela, en resumen, narra la *vita nuova* de un cincuentón en crisis. A esa edad, hartos de seguir el patrón social impuesto por un dictador anónimo e impersonal, queremos hacer algo distinto, original. Y ¿qué solemos hacer cuando anhelamos la originalidad? Paradójicamente, tendemos a imitar, imitamos a otros que han sido originales antes. No pensemos que es un recurso exclusivo de los individuos, también lo encontramos en la historia de la cultura. ¿Qué es el Renacimiento sino un renacimiento, esto es, un programa de regeneración y transmutación total de la civilización hasta entonces vigente mediante el resorte de la imitación de los Antiguos?

El Renacimiento es una síntesis provisional entre el mundo clásico-medieval y los nuevos postulados del sujeto moderno. Conviven en el pecho renacentista dos almas: una clásica, cósmico-musical, imitativa, conservadora, y otra moderna, científica, antropológica, progresista. Durante el Renacimiento la imitación alcanza su cénit, más aún, el Renacimiento es imitación hecha época. Ahora bien, para los humanistas, el estudio y cultivo amoroso de los clásicos greco-latinos no responde a una curiosidad arqueológica o a la nostalgia de tiempos mejores, sino que sirvió para emanciparse de una Edad Media percibida como anacrónica y estéril: he aquí la imitación —la reiteración, la repetición— como motor de progreso y superación. No se trata de una imitación naturalista o realista, a la manera de novelistas y pintores positivistas del XIX, que describen empíricamente una Naturaleza desencantada y huérfana de simbolismo, mera extensión caótica de materia física y social susceptible de análisis científico. Por el contrario, la imitación en sentido estricto es siempre idealista porque presupone el carácter normativo, típico y ejemplar del orden de la Naturaleza, la cual es perfecta, acabada y completa antes de que el hombre la contemple o la transforme. De ahí que, en esa mentalidad, quien quiera aspirar al bien o a la belleza no debe pretender crear algo nuevo —¿para qué, si el orbe ya está ordenado y en armonía?—, sino imitar la perfección ya redonda y cerrada del cosmos que se le ofrece al ingenio humano en todo su esplendor con sólo abrir los ojos. Aristóteles dio a esta metafísica su fundamento estético al establecer la conocida distinción contenida en su *Poética* entre Poesía imitativa, que expresa el deber-ser universal y ejemplar, y la Historia, que narra lo meramente particular.

Alonso Quijano deja su casa, cambia de vestuario y de profesión, y decide imitar un ejemplo ideal de virtud y humanidad para alcanzar una perfección que habrá de elevarle por cima de la oscuridad y medianía de su existencia anterior. «Amadís fue el norte, el lucero, el sol de los valientes y enamorados caballeros, a quien debemos imitar todos aquellos que debajo de la bandera de amor y de la caballería militamos. Siendo, pues, esto ansí, como lo es, hallo yo, Sancho amigo, que el caballero andante que más le imitare está más cerca de alcanzar la perfección de la caballería». Al referir esto a su escudero (I, XXV), don Quijote se revela, en consecuencia, como el Gran Imitador, pero todos los lances y aventuras de la novela demuestran la profunda imposibilidad —plenamente moderna— de una tal imitación así como de la mera existencia de ese ideal en una realidad moderna desencantada. Quiere imitar pero no puede porque la realidad le contradice, y en esa impotencia el imitador se convierte en único, en individuo... inimitable. Esa imposibilidad, esa impotencia de realización del ideal, es el parto que alumbra la nueva individualidad, sin modelos y sin discípulos, simplemente existente. Ése es el sentido de la locura quijotesca, el signo de una personalidad extravagante, irrepetible, nada ejemplar y resistente a la generalización, como el propio sujeto moderno. Conviven en el hidalgo las dos almas renacentistas, la emulación clásica del dechado ideal y el embrión de la nueva autoconciencia, si bien, en la balanza, acaba pesando más este segundo platillo, como lo prueba el hecho, algunas veces notado, de que la novela sobre ese gran imitador que es don Quijote puede leerse y disfrutarse sin necesidad de conocer el modelo que imita, las novelas de caballería, que se tornan irrelevantes y carentes de significado ante la sorprendente densidad de su copia. Cervantes, que toda su vida quiso componer una gran obra de imitación, una tragedia clásica, un poema narrativo, un idilio pastoril, universal y ejemplar con arreglo a la preceptiva aristotélica, encontró su genio cuando, prescindiendo de todo esto, escribió acerca de cómo son las cosas y no acerca de cómo deben ser y se decidió a narrar lo particular en cuanto particular. Su acierto fue hacer Poesía como Aristóteles decía que había que escribir la Historia.

Y esa doble alma renacentista ¿no es, a la postre, la de todo ser humano? Su demonio del mediodía ¿no es el nuestro? Somos, como el hidalgo, copias sin modelo, nostálgicos de una perfección que nunca tuvimos. Y en ese desajuste que es el de todos, hay algo que es exclusivo de él: esa bonhomía, ese conocimiento de que el hombre es poco pero merece dignidad pese a cuanto lo desmiente, que vivir es una locura pero no miserable, y esa misericordia realista, esa benevolencia en la experiencia, esa espada usada para la paz, ese socorro a los indefensos, ese homenaje a la belleza.

CONTRA LOS CENTENARIOS

Enrique Vila-Matas

30/01/2005

[illegible]

[illegible] Caravaggio [illegible] [illegible] en tantos [illegible] por el [illegible] [illegible] o la [illegible] [illegible] para [illegible] no había [illegible] según [illegible] del [illegible] que [illegible] del [illegible]

Una [illegible] que [illegible]

Ya decía François Cavanna que incluso los más gilipollas tienen su día de gloria, su aniversario. Ya estoy harto de tantos centenarios, aniversarios y otras zarandajas por el estilo. Cuando no es el pesado de Alberti es Neruda, otro pesado. Cuando no es Julio Verne es Marcel Schwob (estos dos no están nada mal), o la Feria de Guadalajara, o los restos del abusivo Año Dalí. Apoteosis de la cultura institucional. En Francia van aún más lejos y preparan para este año —prepárense— la broma pesada de resucitar a Jean-Paul Sartre. Aquí entre nosotros no habrá mucho humo de pipa de Sartre, pero a buen seguro se prolongará el monográfico Gaudí y se rendirá homenaje al número redondo del hortera turista cien mil que nos llegue huido del *tsunami*.

Una verdadera pesadilla, créanme. Soy un viejo combatiente, que ha participado en numerosas manifestaciones contra el absurdo prestigio de los números redondos, pues nunca he comprendido por qué el número 100 tiene más categoría o trascendencia que el 101, por ejemplo. Combatí durante años contra el tostón de los centenarios y de los aniversarios y contra todo aquello que convierte las páginas culturales de los periódicos en un monográfico que toca una sola tecla todo el rato (la vida y obra de cualquier autor centenario ligado a la matraca pura y dura) y hace que nos perdamos ese delicioso artículo sobre la obra del secreto y, sin embargo, inmortal Emmanuel Bove, por ejemplo.

Combatí, pero de nada sirvió. Una prueba más de que de nada sirve ser un escritor comprometido. No te escuchan. Las instituciones tienen su vida y su muerte propias. Los escritores sirven para rellenar los libros, y son más tratables si ya llegan muertos y bien acompañados de algún número redondo y fatal, de centenario. También es verdad que combatí sin hacerme ilusiones, pero en todo caso nunca creyendo que iríamos a peor y que hoy en día tendríamos una espantosa plaga de celebraciones institucionales de cultura rígida y muerta que impide que estemos al corriente de la vida del arte actual, del arte que —siendo algo optimistas— se está creando en estos precisos instantes. Por poner un ejemplo, el otro día pasó por Barcelona uno de los mejores novelistas europeos del momento, Jean Echenoz. A mí me pareció un acontecimiento no sólo vivo, sino de primer orden. Echenoz acaba de publicar en Anagrama un sutilísimo y perdurable libro, *Al piano*, y vino a presentarlo en el Instituto Francés. Pues bien, reunió a sólo 50 personas en una ciudad de miles de personas entregadas a la doctrina de la samba y del *best-seller*. En lo de Echenoz los periodistas culturales brillaron por su ausencia, e igual habría ocurrido si, lejos de las instituciones, hubieran pasado Proust o Faulkner por la ciudad. No cubrieron el acto porque a la misma hora —al igual que sucedía con la Feria de Guadalajara, o con el Fórum a la menor conferencia que diera Gorbachov— había varios actos patrocinados por una cultura tan llena de adoradores de los números redondos como motoristas suicidas tiene el París-Dakar, patrocinador a su vez de la cultura negra del desierto.

Eso es. Los centenarios pertenecen a la cultura negra y estéril del desierto. Creo que, con tanto despliegue y propaganda, algunos hemos aborrecido ya el *Quijote* y nos hemos ido al otro lado y le damos la razón a Nabokov cuando decía que el libro es monstruosamente desagradable y horrible. Para Unamuno, el *Quijote* era una protesta contra el temperamento español que hace de la muerte un objeto de culto. Este artículo quiere añadirse a la protesta contra ese temperamento. Y que Cervantes nos coja confesados cuando llegue el primer aniversario del Fórum.

LA AUTOBIOGRAFÍA DE CERVANTES

Gabriel Tortella

04/02/2005

En el cuarto centenario de el *Quijote* se va a leer —se está ya leyendo y oyendo— una extraordinaria cantidad de elogios y parabienes. Lo que me temo que no se va a oír tanto es que Miguel de Cervantes no fue sólo un incomprendido en la España de su tiempo, sino que fue maltratado, preterido y humillado por sus contemporáneos. Esto, por supuesto, es bien sabido; pero conviene recordarlo una vez más en medio de tantos panegíricos y ditirambos.

Casi todas las grandes novelas son autobiográficas en medida considerable: *A la busca del tiempo perdido* es casi un diario de su autor, Proust; el *Ulises* de Joyce es una especie de esperpento autobiográfico; como muchos literatos expatriados, Joyce construyó su literatura a base de destilar recuerdos de infancia y juventud. En *Fortunata y Jacinta* Galdós se retrata dos veces, una como un Don Juan joven y señoritingo, y otra como un Don Juan maduro con ribetes de viejo verde. Los ejemplos pueden multiplicarse; me pregunto yo si se ha insistido lo bastante en lo que de autobiográfico tiene el *Quijote*.

Pierre Vilar, en su celebrado artículo sobre *El tiempo del Quijote*, afirma con fundamento que la melancolía que la obra desprende está en relación con el inicio de la decadencia de España, que la agudeza cervantina ya percibía. Vilar ve también una corrosiva crítica social, y compara a Cervantes y el Quijote con Charles Chaplin y Charlot. El paralelo es indudable. Pero la vida de don Quijote se parece a la de su creador mucho más que la de Charlot a la del suyo. Por supuesto, el *Quijote* es una autobiografía alegórica; lo importante a este respecto no es que se narren episodios relacionados con capítulos de la vida pasada de Cervantes, como la «Historia del cautivo»; es que don Quijote y sus desventuras son un trasunto de Cervantes y las suyas. Las descripciones fisonómicas que Cervantes hace de don Quijote son bastante parecidas a la que hizo de sí mismo en la introducción a las *Novelas ejemplares:* un hombre entrado en años, delgado, aguileño, de barba blanca o entrecana, macilento, desdentado, apasionado por la lectura. El *Quijote* es un libro escrito en la vejez de Cervantes, en un momento en que su autor tenía motivo y perspectiva para reflexionar sobre su ya larga vida y enjuiciar aciertos y errores, venturas y desventuras. Es evidente que Cervantes se daba cuenta de que la afición a las letras había marcado su existencia, como marcó la de su héroe, y que al igual que a don Quijote, tal pasión le convirtió en un ser marginal, inadaptado, en un gran fracasado, que se había echado a los caminos del mundo buscando y ofreciendo justicia y saliendo las más de las veces apaleado y maltrecho. Las numerosas pérdidas de dientes de don Quijote durante sus malhadadas aventuras muestran un paralelo con el hecho de que su autor, según propia confesión, «no tiene sino seis y éstos mal acondicionados y peor puestos, porque no tienen correspondencia los unos con los otros». Al final de su vida Cervantes se sentía fracasado, y con razón, pese a haber escrito un libro tan grande como el *Quijote.* Su grandeza literaria le sirvió de tan poco como a su héroe su grandeza de ánimo.

A Cervantes sus obras literarias le reportaron poco dinero y menos reconocimiento social. En 1605, publicada ya la primera parte del *Quijote* con eco notable en España, y casi más fuera de ella, Cervantes y su familia fueron injusta e ignominiosamente encarcelados con motivo de una muerte violenta que ocurrió cerca de su casa; no había el menor adarme de evidencia contra ellos;

pero parece que se les echó la culpa por ser una pobre gente, para exonerar al verdadero culpable, que era alguien de mayor relieve o mejores conexiones sociales. Al final fueron liberados de las inicuas sospechas, pero ninguna reparación recibieron por el atropello, ni moral ni menos monetaria. Es también conocido que cuando unos aristócratas y diplomáticos franceses visitaron España en 1612 se quedaron boquiabiertos al saber las humildes circunstancias y escasa consideración en que vivía Cervantes, quizá el escritor vivo en aquel momento con mayor reputación internacional, y que comentaron con indudable sorna que casi era mejor así, que permaneciera pobre para que siguiera enriqueciendo al mundo con sus obras.

También es un rasgo autobiográfico el destacado papel de los duques en la segunda parte del *Quijote*. Cervantes persiguió con muy poco éxito el mecenazgo de los grandes (duque de Béjar, conde de Lemos); en el libro los ficticios duques toman a don Quijote y Sancho bajo su condescendiente protección, tratándolos más como a bufones o fenómenos de feria que como a amigos; sin duda don Miguel temía que eso le sucediera a él en el mejor de los casos, el de que sus súplicas fueran escuchadas. En último término no lo fueron, y Cervantes murió en la miseria.

Si en su vejez Cervantes fue un gigante literario, en su juventud fue un héroe de guerra. Aquí tampoco alcanzó suerte ni reconocimiento: tras perder la mano izquierda en Lepanto lo único que obtuvo fue un insignificante aumento de sueldo. Esta pequeña ventaja desapareció cuando a los pocos años, tras permanecer al servicio militar de su majestad, fue aprisionado y cautivo en Argel, endeudándose su familia para reunir con grandes trabajos el rescate que le permitió volver. Al parecer, sus peticiones de ayuda al Rey no fueron atendidas porque tras Lepanto todo tullido en España se proclamaba mutilado de guerra. ¡Cuán común es que la picaresca hispánica logre que paguen justos por pecadores! «Al fin y al cabo», se dirían los Monipodios de turno, «tan tullido estoy yo de resultas de una refriega de taberna como los que fueron heridos en Lepanto. El elitismo de los héroes es intolerable». Este tipo de opinión es hoy moneda corriente, por ejemplo, en nuestras universidades, donde el que se estimule y remunere la excelencia científica es tachado de elitismo por más de un pícaro universitario.

La historia de Cervantes, que tan a lo vivo nos pintó su autor en el *Quijote*, resulta muy deprimente. Unamuno sostenía que el libro no era humorístico, sino tristísimo. Es ambas cosas, porque el humor más grande es aquel que, como el de Cervantes, logra reír y hacer reír con la desgracia propia. Es ese humor negro tan ibérico de Goya, de Valle-Inclán, de Eça de Queiroz. El patetismo de la vida de Cervantes me hace pensar irremediablemente en la de Mozart y en la de Vincent van Gogh, que también murieron pobres e ignorados para vergüenza de las sociedades en que produjeron sus obras geniales. Lo mismo ha ocurrido con numerosos científicos. Yo podría citar de memoria media docena de economistas cuya obra no fue reconocida sino póstumamente. Cierto es que la ciencia no es un fenómeno de masas, como la literatura o el arte; pero nuestras sociedades se precian de un alto nivel de educación. Ya resulta un poco embarazoso que la sociedad española se enterara de que Santiago Ramón y Cajal y Severo Ochoa existían porque se lo hizo saber el Comité Nobel. Peor resulta que en la actualidad nuestras universidades se defiendan con uñas y dientes de los científicos españoles que se han formado y han destacado fuera de sus círculos endogámicos; se resisten como si se tratara de competencia desleal. Un ejemplo muy aireado, pero no por eso muy atendido, es el de los becarios «Ramón y Cajal», casi todos formados fuera, que, con contratos temporales del Ministerio de Educación, se encuentran con que la mayoría de las universidades no les quieren (quieren a «los suyos», aunque valgan menos). Caso sangrante de estolidez universitaria es lo que ocurrió con Antonio Domínguez Ortiz, uno de los mejores historiadores sociales del siglo XX, a quien ninguna Universidad española quiso en sus aulas. Comentando su caso decía un colega británico con ironía cervantina: «Qué buenas son las universidades españolas, que se permiten prescindir de Domínguez Ortiz». Casos parecidos están en la mente de todos. Las consecuencias son graves.

El caso de los grandes artistas incomprendidos resulta muy doloroso; pero la sociedad ignara que no los reconoció más tarde disfruta de sus obras: ahí está el *Quijote*. La falta del magisterio de los científicos rechazados por nuestras universidades es una pérdida absoluta.

DON QUIJOTE DESPUÉS DE CUATRO SIGLOS

Harold Bloom

27/02/2005

[illegible] Miguel [illegible] la fecha de [illegible] de los [illegible] La Pálida [illegible] Juan [illegible] de la [illegible]

La típica pregunta de la isla desierta («¿si pudiera llevarse un solo libro, cuál sería?») no tiene una respuesta universal, pero los lectores más constantes y dotados de más juicio escogerían entre tres: la Biblia inglesa autorizada (la *Biblia del rey Jacobo)*, las *Obras completas* de Shakespeare y el *Quijote* de Miguel de Cervantes. ¿Resulta extraño que la fecha de publicación de los tres rivales sea prácticamente simultánea? La *Biblia del rey Jacobo* apareció en 1611, seis años después de que se publicara la primera parte del *Quijote*, en 1605 (la segunda parte salió una década después, en 1615). En 1605, Shakespeare igualó la grandeza de la obra maestra de Cervantes con *El rey Lear*, a la que siguieron *Macbeth* y *Antonio y Cleopatra*. James Joyce, al hacerle la pregunta de la isla desierta, dio una respuesta magnífica: «Me gustaría poder decir Dante, pero tengo que quedarme con el inglés, porque es más rico». Se puede percibir cierto resentimiento irlandés ante Shakespeare y una envidia personal por el público que tenía Shakespeare en el Globe Theatre, que se manifiesta en una obra aún poco leída (salvo por los especialistas y unos cuantos entusiastas), *Finnegans Wake*. En los países de habla inglesa, la Biblia se lee, a Shakespeare se le lee y se le representa, pero Cervantes parece tener menos presencia de la que tenía en otro tiempo. Han sido numerosas las buenas traducciones al inglés desde la de Thomas Shelton, en 1612 —que Shakespeare conocía sin duda—, pero la extraordinaria versión de Edith Grossman, publicada en 2003, merece ser leída por los que no podemos absorber con facilidad el español de Cervantes.

Cervantes (1547-1616) murió el mismo día que Shakespeare (1564-1616), e indudablemente nunca oyó hablar del dramaturgo inglés. Shakespeare tuvo una vida tan corriente y anodina que no puede haber ninguna biografía suya que resulte atractiva. Los hechos importantes se pueden contar en unos cuantos párrafos. Cervantes, por el contrario, vivió una existencia difícil y violenta y, sin embargo, todavía no existe en inglés ningún relato de su vida que le haga justicia. Sólo el resumen parece un guión de Hollywood. Los especialistas no se ponen de acuerdo en si la familia de Cervantes era de «cristianos viejos» o «nuevos», los judíos conversos que se hicieron católicos en 1492 para evitar ser expulsados. Quien deseaba entrar en el ejército imperial español tenía que jurar que era de sangre «sin mancha», y así lo hicieron Cervantes y su hermano, pero llama la atención que un héroe que perdió para toda la vida el uso de la mano izquierda en la gran batalla naval de Lepanto contra los turcos, en 1571, nunca recibiera la menor promoción por parte del rey Felipe II, ferozmente católico. Hasta que llegó a una vejez relativamente cómoda gracias al tardío mecenazgo de un noble, la historia personal de Cervantes es un desfile de privaciones. Enviado al exilio en 1569, tras participar en un duelo, fue a Italia y un año después se alistó en el ejército conjunto hispano-italiano para luchar contra el Imperio Otomano bajo las órdenes de don Juan de Austria, el hermano bastardo de Felipe II.

Recuperado en parte de las heridas sufridas en Lepanto, pero aún maltrecho, Cervantes participó en varias batallas navales más hasta 1575, año en el que los turcos le capturaron; soportó cinco años de esclavitud en Argel, y Felipe II se negó a comprar su libertad. En 1580, por fin, su familia y un monje amigo pudieron rescatarle. Sin poder obtener empleo del rey, Cervantes inició una precaria carrera literaria, con repetidos fracasos como dramaturgo. La desesperación le llevó a hacerse recaudador de impuestos, pero en 1598 le encarcelaron, acusado de desfalco. En la cárcel empezó a escribir el *Quijote*, terminado en 1604 y publicado al año siguiente por un editor que estafó a Cervantes y no le pagó sus derechos. El libro, magnífico, se convirtió en un éxito inmediato, pero eso sirvió de poco a la hora de cubrir las necesidades de Cervantes y su familia.

En 1614 apareció una falsa segunda parte del Quijote, pero Cervantes publicó la suya en 1615. Un año después, el mayor autor de la lengua española murió y fue enterrado en una tumba sin nombre. Al leer el *Quijote*, no estoy convencido, en absoluto, de que tengan razón los estudiosos que consideran religiosos tanto al autor como al libro, aunque sólo sea porque pierden de vista su ironía que, a menudo, es demasiado amplia para captarla. Claro está que también muchos estudiosos nos dicen que Shakespeare era católico, y yo tampoco me lo creo demasiado, porque sus alusiones suelen hacer referencia a la Biblia de Ginebra, una versión muy protestante. El *Quijote*, como las últimas obras de Shakespeare, me parece más nihilista que cristiano; dos de los mayores creadores occidentales parecen insinuar que el destino final del alma es la aniquilación. ¿Qué es lo que hace del *Quijote* la única obra capaz de rivalizar con Shakespeare por la suprema gloria estética? Cervantes tiene una comicidad soberbia, igual que Shakespeare, pero el *Quijote* tiene de comedia tan poco como *Hamlet*. Felipe II, que agotó los recursos del imperio español en defensa de la Contrarreforma, murió en 1598, diez años después del fracaso de la Armada Invencible, destruida por las galernas y los marinos ingleses. La España que aparece en el *Quijote* es la posterior a 1598: empobrecida, desmoralizada, dominada por el clero, con la tristeza de haberse perjudicado a sí misma un siglo antes al expulsar o forzar a la clandestinidad a sus vastas y productivas comunidades judía y musulmana. En el *Quijote*, como en Shakespeare, hay que leer, en gran parte, entre líneas. Cuando el jovial Sancho Panza grita que él es cristiano viejo y odia a los judíos, ¿pretende Cervantes, con su sutileza, que lo leamos sin ironía? El contexto del *Quijote* es la miseria, salvo en las casas de los nobles, que son bastiones de burla y racismo en los que se somete al maravilloso don Quijote a terribles bromas pesadas. La novela de Cervantes (que es el nacimiento del género) es memorable por dos fantásticos seres humanos, don Quijote y Sancho Panza, y por la relación afectuosa e irascible entre ellos. No existe una relación así en Shakespeare: Falstaff es afectuoso y el príncipe Hal, irascible, y Hamlet, no tiene en Horacio más que a un adorador. En una ocasión dije que Shakespeare nos enseña a hablar con nosotros mismos, pero Cervantes nos enseña a hablar entre unos y otros. Aunque uno y otro construyen realidades capaces de darnos cabida a todos, Hamlet es, en definitiva, un individuo indiferente hacia sí mismo y hacia los demás, mientras que el hidalgo español es un hombre que se preocupa por sí mismo, por Sancho y por quienes necesitan ayuda.

Maestros de la representación, tanto Shakespeare como Cervantes son vitalistas, de ahí que Falstaff y Sancho Panza tengan la alegría de vivir. Pero dos autores tan modernos son, al mismo tiempo, escépticos, y por eso Hamlet y don Quijote están llenos de ironía, incluso en medio de la locura. El padre castellano de la novela y el poeta y dramaturgo inglés comparten un entusiasmo y una exuberancia que constituyen su talento genial, superior al de todos los demás, en cualquier otra época y en cualquier otra lengua.

Para don Quijote y Sancho, la libertad es una función del orden de juego, que es desinteresado y precario. El juego del mundo, para don Quijote, es una visión depurada de la caballería, el juego de los caballeros errantes, las bellas damiselas virtuosas y en peligro, los magos poderosos y malvados, gigantes, ogros y búsquedas idealizadas. Don Quijote está valerosamente loco y es obsesivamente valiente, pero no se engaña a sí mismo. Sabe quién es, pero también quién puede ser si quiere. Cuando un cura moralista acusa al hidalgo de que no vive en la realidad y le ordena que se vuelva a casa y deje de viajar, don Quijote le replica que, para ser realistas, como caballero errante, ha corregido entuertos, castigado la arrogancia y aplastado a diversos monstruos.

¿Por qué tuvo que esperar la invención de la novela a Cervantes? Ahora, en el siglo XXI, da la impresión de que la novela sufre una larga agonía. Nuestros maestros contemporáneos —Pynchon, Philip Roth, Saramago y otros— parecen forzados a volver a la picaresca y al romance, las formas precervantinas. Shakespeare y Cervantes crearon gran parte de la personalidad humana tal como la conocemos, o, al menos, las formas de representar esa personalidad: el Poldy de Joyce, su Ulysses irlandés y judío, es al mismo tiempo quijotesco y shakesperiano, pero Joyce murió en 1941, antes de que el Holocausto de Hitler llegara a conocerse del todo. En nuestra era de la información y el terror permanente, es posible que la novela cervantina se haya quedado tan anticuada como el drama shakesperiano. Me refiero a los géneros, no a sus maestros supremos, que nunca pasarán de moda.

Traducción de M. L. Rodríguez Tapia

Y CERVANTES SE VA A AMÉRICA

César Antonio Molina

01/03/2005

El 17 de febrero del año 1582, Miguel de Cervantes, de regreso a Madrid, dirige una carta a Antonio de Eraso, del Consejo de Indias, que se encontraba en Lisboa, agradeciéndole el interés que ha tomado por su frustrada pretensión de encontrar algún oficio en América, lo que se le negó por no haber ninguno vacante. Miguel de Cervantes deseaba ir a América, pero fracasó en los varios intentos. Años después, el 21 de mayo de 1590, solicitó por medio de su hermana Magdalena la contaduría del Nuevo Reino de Granada, la gobernación de la provincia de Soconusco en Guatemala, ser contador de las galeras en Cartagena de Indias o ser corregidor de la ciudad de La Paz. El Consejo de Indias sentenció en apenas 15 días: «Busque por acá en qué se le haga merced».

Tenía por entonces 42 años y una vida abocada al fracaso. Con poco más de 20 había huido a Italia por herir en duelo a un intendente de construcciones reales, a los 24 había perdido de un arcabuzazo la mano izquierda en la batalla de Lepanto, de los 28 a los 33 había estado prisionero en Argel, a los 37 había tenido una hija con la mujer de un tabernero y se había casado con una joven toledana, a los 39 había abandonado el hogar conyugal y a los 40 había sido excomulgado por embargar el trigo de varios canónigos. También había estrenado tres obras de teatro y publicado una novela pastoril, *La Galatea*, que habían pasado casi desapercibidas.

Las relaciones de Cervantes con América constituyen un buen motivo de reflexión acerca de la proyección internacional de nuestra lengua común y cultura, porque el cuarto centenario de la primera parte del *Quijote* no sólo debe ayudarnos a explicar lo que fuimos, sino lo que somos y lo que queremos ser. Cervantes sufrió la vida y logró expresar lo que de mejor hay en el ser humano, incluso hasta la misma utopía. La prohibición de alcanzar las Indias fue una de las muchas decepciones que padeció, y lo llevó a olvidarse del Nuevo Mundo. En su obra sólo lo mencionará en dos o tres ocasiones y siempre con cierto dejo de amargura, como en la novela ejemplar de *La española inglesa*, donde afirmaba que las Indias eran «común refugio de los pobres generosos». En *El celoso extremeño*, incluso, asegura aún más despechado que

América venía a ser amparo de los desesperados, «iglesia de los alzados, salvoconducto de los homicidas, añagaza general de mujeres libres» y, en resumen, «engaño común de muchos y remedio particular de pocos».

Tal vez por ello se produjo un olvido de América, justo lo que no puede volver a ocurrir. Hace unos años, el *International Herald Tribune* aseguraba que España e Hispanoamérica habían sabido crear un espacio cultural común, y citaba el caso de la película *Todo sobre mi madre*, en la que un cineasta español, Pedro Almodóvar, había elegido a una actriz argentina, Cecilia Roth, para el papel protagonista. Le parecía un hecho excepcional.

Desde entonces, los ejemplos se han multiplicado, y no sólo en el cine. La historia viene de lejos. Ya en 1930, el gran ensayista dominicano Max Henríquez Ureña había observado en *El retorno de los galeones* que cada día se hacía más intenso el intercambio de influencias entre unos y otros países de América y entre éstos y España, y concluía: «La producción literaria de habla castellana adquiere cierto carácter de unidad, no obstante las diferencias de ideología y de costumbres que en cada pueblo y aun en cada región pueden observarse». Años después, Alejo Carpentier dirá que Cervantes era el novelista mayor de Cuba, y hace apenas unas semanas el escritor chileno Antonio Skármeta afirmaba que las actividades de los museos españoles, de los festivales de cine, de las ferias del libro, de las bienales de arquitectura y «el trabajo mundial de los Institutos Cervantes, donde los artistas latinoamericanos reciben un trato fraternal y persistente junto a sus colegas españoles, son señales de una relación vital» entre Iberoamérica y España.

Pintores, escritores, cineastas, arquitectos, músicos y dramaturgos son vistos hoy, tanto desde dentro como desde fuera de nuestras fronteras y con independencia de sus países de origen, como miembros de una misma y potente cultura. Algunos han revolucionado los cánones del arte moderno, muchos han producido varias de las cumbres de la literatura mundial de los últimos cien años, otros hacen uno de los cines más creativos que se pueden ver en las pantallas y unos cuantos construyen en ciudades de medio mundo. También los investigadores, quizá por primera vez en la historia, se han integrado de forma relevante en la comunidad científica internacional. Todos ellos forman lo que Carlos Fuentes ha llamado el «territorio de La Mancha», al que configura la lengua común.

España ha salido de la dictadura y del aislamiento internacional en apenas una generación, se ha convertido en una democracia avanzada y ha construido una sólida economía que nos hace un 75% más ricos que hace 30 años. «Quizá ningún otro país europeo ha logrado tanto, y en tantos frentes, tan rápidamente», decía hace poco el semanario de *The Economist*.

A menudo se olvida en el recuento lo que ha ocurrido con el español. En el mismo periodo de tiempo ha pasado de ser una lengua hablada por 250 millones de personas a más de 400 millones, de estar presente en los planes de enseñanza de algunos países —y siempre por detrás de otras tres o cuatro— a estarlo en los de casi todos y a que, por ejemplo, en Estados Unidos haya dejado de considerarse una subcultura y que la estudien dos de cada tres universitarios. Los miles de cifras y datos que están disponibles en los libros de investigación y las estadísticas llevan a una conclusión: el español se ha convertido, junto con el inglés, en la apuesta que hacen los padres de los más diversos países para asegurar el futuro de sus hijos.

Todo ello constituye una fuente de recursos inigualable. Sólo en España aporta el 15% del PIB, y está por estudiar lo que supone para el resto de los países hispanohablantes. Nuestra presencia en el mundo se lleva a cabo desde hace años, sobre todo mediante el español, y por eso se puede afirmar que, a la vista de los resultados, la política exterior de la lengua es la que más éxito ha tenido de cuantas España ha desarrollado en las últimas décadas.

El mundo de la cultura es consciente de que la lengua es su mejor aliado. Por citar el último caso, hace unos días el cantante y compositor uruguayo Jorge Drexler, cuyo tema «Al otro lado del río» acaba de ganar un Oscar en la categoría de mejor canción original, aseguraba: «No se puede desligar lo que me está pasando a mí de lo que ocurre con el castellano en todo el mundo. El centro principal de difusión de cultura del mundo está siendo conquistado desde dentro por el idioma español». Ya Andrea había descrito a su hermano Miguel de Cervantes como «un hombre que escribe y trata negocios, y por su buena habilidad tiene amigos». Rondaba entonces los 57 años y acababa de publicar la primera parte del *Quijote*.

Pero el territorio de La Mancha se extiende de forma muy desigual. En él nuestro país es sólo una provincia. El 90% de los hablantes vive en América, cuya cornisa occidental forma parte de la región económica —la de Asia y el Pacífico— que, según todas las previsiones, crecerá más en las próximas décadas, y Estados Unidos y Brasil constituyen los dos países del mundo en los que el español progresa con mayor rapidez. La provincia en la que nosotros vivimos es la única que se sitúa en el continente europeo, donde el número de hablantes de español como lengua materna es inferior a los de alemán, inglés, francés e italiano y equivalente a los de polaco. Por eso se puede decir sin exageración que el futuro del español pasa por América. No podemos gestionar solos los retos de la demanda del español en el mundo. Sería de suma importancia desarrollar de manera conjunta una política cultural común iberoamericana en lo general, y en especial en el caso de la lengua, porque lengua y cultura son comunes y hay que difundirlas entre todos.

De igual modo que el Instituto Cervantes enseña la norma culta común de toda la comunidad hispano-hablante, con las variantes específicas de las distintas áreas lingüísticas, deberíamos reflexionar sobre si nuestra labor cultural en el extranjero no debería contemplar la cultura en español como conjunto y contar también con algunos intelectuales hispanoamericanos para el cuerpo directivo. Es decir, convendría encontrar el modo de articular de manera efectiva y sin demagogia lo nacional español con lo supranacional iberoamericano. En Hispanoamérica, año tras año, reciben a millones de personas que desean mejorar su español y profundizar en nuestra cultura, saben que la lengua constituye una gran fuente de riqueza y que se necesita la colaboración de todos para afrontar la ingente demanda. Necesitamos también colaborar en una tarea tan urgente e imprescindible como formar profesores, que constituye la clave de la expansión del español en los próximos años, y sumarnos a una enseñanza y certificación común del español como lengua extranjera que aúne esfuerzos y multiplique resultados.

Cervantes no llegó a América, pero el *Quijote* lo hizo muy pronto. Ya en febrero y abril de 1605 salieron cargamentos para las Indias, y los envíos se sucedieron a lo largo del año. Tres ejemplares tuvieron como destino Cartagena de Indias, 262 México y otros 100 de nuevo Cartagena, todos ellos pertenecientes a la edición príncipe. En el magistral estudio *Los libros del conquistador*, publicado hace más de medio siglo, Irving Leonard explicaba que la exportación de libros al Nuevo Mundo era tan provechosa que, «como en el caso del *Quijote*, muchas veces se sacaban de las prensas para llevarlos precipitadamente a Sevilla a fin de que no perdiesen la salida de las flotas anuales». La popularidad de los personajes cervantinos en las Indias fue rápida, y dos años después don Quijote y Sancho desfilaban en Perú durante unos festejos.

Leonard demostró también que algunas de las visiones apasionadas que animaron a los hombres del Renacimiento español habían tenido su fuente de inspiración en las imaginarias utopías descritas en las obras de ficción que los acompañaban. Miguel de Cervantes no lo consiguió, pero nosotros, en este cuarto centenario, deberíamos intentarlo, pues allí es donde se debate nuestro futuro.

LA NOVELA Y LA NEVERA

Juan Cueto

06/03/2005

Uno de los mayores inconvenientes del Año Internacional del *Quijote* es que coincide con el Año Internacional de la Física. La manía aniversaria nos ha jugado la mala pasada de celebrar al mismo tiempo el cuarto centenario de la publicación de la novela universal de Cervantes con el centenario de aquellos tres artículos de Albert Einstein que cambiaron las leyes del Universo. Por un lado, ya hay bastantes tensiones y luchas en este mundo como para resucitar el viejo duelo entre las *dos culturas*, aquel enfrentamiento entre los hombres de ciencias y los de letras que denunció Snow un día de 1956, porque mucho me temo que tarde o temprano reaparecerán las comparaciones odiosas entre estos dos iconos (el tío Albert sacando la lengua y mi señor don Quijote cabalgando La Mancha) que simbolizan las dos maneras de entender la cultura o sencillamente lo que entendemos por un tipo culto.

Por el otro lado, no es práctico. Los dos aniversarios tratan de divulgar a las nuevas generaciones la ficción de Cervantes y las no-ficciones de Einstein, pero tal y como está el patio escolar me parece disparatado obligar a los alumnos a leer el *Quijote*, cosa que ni Ortega recomendaba cuando el tercer centenario, al mismo tiempo que exigir en las escuelas saberse la Teoría de la Relatividad, el Movimiento Browniano y el Efecto Fotoeléctrico.

Ni siquiera las utopías pedagógicas más radicales del siglo XVIII, incluida nuestra tardoilustrada Institución Libre de Enseñanza, pretendieron una hazaña didáctica así. Es más. En la hipótesis de que salgan de cada una de nuestras escuelas apenas media docena de seres (serían chicas) que hayan leído con placer el *Quijote* y al mismo tiempo entiendan los fundamentos de la revolución científica que implicaron los tres artículos de Einstein (al margen, claro, de la lectura también obligatoria de la Constitución europea), estamos salvados. Una nueva generación de españolitos que es capaz de disfrutar con la química fantástica del *Quijote*, de razonar desde la física de las leyes del Universo y encima de sentirse biológicamente europeos, es lo más parecido que recuerdo a aquellas utopías marxistas del *hombre nuevo*.

Creo que los comités organizadores de estos dos grandes aniversarios del año 2005, cada uno por su lado, pretenden algo menos radical. Nada de maximalismos, puro minimalismo simétrico. Que los hombres que organizan y celebran el aniversario de la novela de Cervantes lean con igual respeto literario los artículos de Einstein y que los comités del Año Internacional de la Física sometan a la prueba del *Quijote*, a la prueba de la ficción, las actuales teorías de lo infinitamente grande y lo infinitamente enano. Por tanto, y dispuestos a simetrizar, ya habría que saber a estas alturas aniversarias cuántos ilustres celebrantes del centenario del *Quijote* han leído y asimilado los tres artículos de Einstein, y al revés. Porque tan inculto es desconocer la primera parte de la novela de Cervantes como el segundo principio de la termodinámica, que dijo Snow. Mucho me temo, ya digo, que esta maldita coincidencia de aniversarios entre la novela universal y los tres artículos sobre el Universo vuelva a poner sobre el tapete el viejo pero muy real duelo entre las dos culturas, del que casi todos salimos muy malparados.

Por mi parte, lo confieso, soy un analfabeto científico y nunca he podido acabar los tres artículos de Einstein por culpa de la Física que me enseñaron en el colegio, que ni siquiera era newtoniana, sólo bíblica: Física sagrada. Pero le tengo mucho respeto y me fío a muerte de los divulgadores físicos de la misma manera que me fío de las ediciones del *Quijote* de Paco Rico, y lo máximo que he llegado a entender, aunque ya demasiado tarde, es que la escala del ojo humano hace mucho tiempo que ya no funciona en el mundo de la Física y que la realidad, lo que se dice *la realidad*, se agazapa ahora en el universo macroscópico de la relatividad y en esas partículas elementales cada día más enanas que ahora llaman cuerdas, supercuerdas o vete tú a saber y que sólo obedecen a las leyes de la mecánica cuántica. Es decir, y para volver a la vieja discusión, un universo físico que a ojo de buen cubero literario también nos suena a ficción.

Pero con ser un analfabeto de la Física, considero mucho más divertidas y *cool* las celebraciones del tío Albert que las de don Miguel. Por ejemplo, en una de las exposiciones del Año Internacional de la Física, cuyo *logo* es una especie de licuadora pop, he sabido yo, entre otras cosas muy entretenidas, que todos los electrodomésticos que me rodean son hijos lógicos de las leyes formuladas por Einstein. Los sistemas de refrigeración, me entero, no hubieran sido posibles sin esos conocimientos científicos de 1905. Desde entonces, cada vez que me enfrento al frigorífico lo hago con un respeto y admiración a la

Física que roza el temblor religioso. Lo malo es cuando abro la nevera del tío Albert y en su interior encuentro un disuasivo batallón de yogures que se autoproclaman ricos en ácidos omega 3, bífidus activo, lactobacillus y bio-no-sé-cuánto que es todo un himno a la Química, de la que también, como la Física no sagrada, lo ignoro todo. O sea, que mi cerebro de letras confunde la nevera con la novela. Pura ficción por dentro y por fuera del frigorífico.

QUIJOTE

Luis Manuel Ruiz

10/03/2005

Vaya lote de *Quijote*: es la expresión que brotó de los labios de mi amigo Manolo, filólogo él y profesor de Secundaria, cuando regresó de ver la programación de actos de la Biblioteca Pública de Sevilla para conmemorar la aparición del mayor tesoro de nuestras letras, como diría un manual franquista. Y en la misma expresión prorrumpen los míos siempre que entro en una librería y me toca inventariar las pilas de nuevas ediciones de la novela que se acumulan en las esquinas, junto a las añejas de papel biblia a dos columnas, adornadas con el frontispicio de Cervantes siendo aguijoneado por la musa. Vaya lote, sí: los aniversarios, se produzcan a 10, 50 o 100 años vista, siempre se caracterizan por la muchedumbre; cantidad de versiones anotadas, publicaciones señeras, clásicos con tapas de cartoné y filigranas de oro en el lomo, todo a mayor gloria de un autor y una obra que pasarán más tiempo en las estanterías del salón, donde podrán admirarlos reflexivamente las visitas, que en las manos de lector ninguno. Porque las efemérides proyectan ese efecto paradójico sobre la literatura que pretenden homenajear: al enterrarla entre adjetivos esdrújulos y entregársela a la universidad y los ateneos, la obra se corrompe y cuartea, empieza a envejecer, a petrificarse como esa pobre mujer de la Biblia que no debió mirar atrás. Lo comprobamos en los centenarios de Lorca y Borges: aquellas páginas cercanas, que habíamos oído expresarse a media voz en la tibieza de nuestros dormitorios, se convirtieron de repente en eslóganes de altoparlante, subieron a las bocas de políticos y tertulianos de televisión y se extraviaron en los centros comerciales.

En Sevilla, detrás de la calle Sierpes, un mazacote de bronce con la efigie de Cervantes sirve para asustar a los niños e invitar a las palomas a liberar sus intestinos. No se puede calcular con exactitud cuánto daño han hecho estatuas como ésta a su pobre literatura, ese organismo que alguna vez estuvo vivo y hoy es una cosa disecada, protegida tras una vitrina para que los biólogos levanten actas. Mucho me temo que el dichoso aniversario que masifica librerías y bibliotecas ha de servir, más que para rescatar ese pájaro prisionero, para hundirlo debajo de nuevas capas de yeso y parafina. Palabras estruendosas como clásico, cumbre, inmortalidad no hacen más que aturdir al lector potencial y obligarle a escurrirse por la puerta de atrás, con el deseo de liberarse de esa avalancha de mármol que se le viene encima. Digámoslo sin ambages: el Quijote es, primero y ante todo, una broma, una obra que fue escrita con el fin de despertar carcajadas, o, cuando menos, de alejar la sombra de la melancolía que amenazaba a un hombre internado en una celda. El Quijote fue escrito como pasatiempo, como literatura de asueto, como paréntesis entre obligaciones o lecturas más sesudas y profundas, como huida, que es el destino de toda literatura auténtica y comprometida. Pero por una retorcida ironía del destino, esa levedad acabó convirtiéndose en roca maciza y ahora es esta antología de chistes y situaciones disparatadas la que se respeta como una sutil radiografía de las miserias humanas etcétera. A mí se me ocurre una forma idónea de celebrar este cuarto centenario: arranquen las estatuas y dejen que el fantasma de Cervantes vuele grácil de una vez y se marche con esas palomas que a veces tanto le mortifican.

CÓMO MOLA EL QUIJOTE

Margarita Rivière

20/03/2005

Aunque [illegible] del Quijote, [illegible] exposición un [illegible] no menos [illegible] de pro-ducciones de diversa calidad [illegible] ran desde notables ediciones [illegible] mes, pasando de libros [illegible] que se llama a la solidaridad del clan quinceañero. [illegible] con la excusa de tal conmemoración y la gran ayuda de los oyentes, hacen [illegible] y día también. [illegible] sobre la conducta [illegible] las aficiones cu-linarias y los deberes del noble caballero cervan-tino, quien, tras el continuo [illegible] manchado [illegible] to de Walt Disney, versión que, por supuesto, es una de las [illegible] sé si es lo peor que le podía haber pasado.

Es raro que a nadie se le haya ocurrido pre-sentar al Quijote con una canción [illegible] no, aunque ya hay alguna ópera [illegible] musi-cales y montajes teatrales en [illegible]

Abrumador lo del *Quijote*. Habré recibido en un par de meses no menos de una docena de productos de diversa calidad cultural con esa etiqueta: desde notables ediciones literarias hasta cómics, puntos de libro *kitsch* y una pulsera que llama a la solidaridad del clan quijotesco. Las radios, con la excusa de tal conmemoración y la gran ayuda de los oyentes, hacen, día sí y día también, cábalas sobre la conducta sexual, las aficiones culinarias y los delirios del pobre caballero cervantino, quien, tras el continuo y mareante paseo mediático, acaba manoseado como un muñequito de Walt Disney, versión que, por supuesto, es uno de los *souvenirs* de éxito. El *Quijote mola*. No sé si es lo peor que le podía haber pasado.

Es raro que a nadie se le haya ocurrido presentar a Eurovisión una canción basada en el icono, aunque ya hay alguna ópera, comedias musicales y montajes teatrales en marcha hasta provocar un empacho de música, letra y tics quijotescos. Pocas veces funcionó tanto aquí el *todos a una* como con el *Quijote*.

Las citas —no sé si falsas— del libro de Cervantes proliferan en discursos políticos, presentaciones literarias y pláticas de humoristas: ponga usted su poquito de *Quijote* y será recompensado con el sobreentendido de que estamos ante alguien que está plenamente al día. Así, el *Quijote* puede aparecer al lado del 3%, el talante, el *plan Ibarretxe* y hasta la boda de Carlos y Camila, también muy de moda ahora mismo. El *Quijote* es plato fuerte de la pomada y lo políticamente correcto: nadie se atreve a discutirlo, ¿quién va a levantar la voz contra el *Quijote?*, ¿quién se confesará indiferente ante la historia más sublime, por férrea convención, de la literatura universal?, ¿alguien quiere quedar como un cateto?

He escuchado a feministas, a banqueros, a curas, a inspectores de Hacienda, a representantes de ONG, incluso ¡a nacionalistas catalanes! haciendo reverencias al héroe de la triste figura. Toca. Y todo el mundo lo sabe. El *Quijote* une y reúne a *peperos* y *sociatas*. Si una obra pública, una planta vulgar, un sarao cualquiera se ubica —aunque no sea cierta, ¿quién va a ir y comprobarlo?— bajo la protección de la referencia quijotesca, parece adquirir una nobleza y *qualité* incontestable. Nadie tose al *Quijote*. Todos predican su buena nueva y se apuntan al resplandor creado. Unas vacaciones sin un toque quijotesco son ya inimaginables: ahí está la oferta, el *Quijote* es la postal de la temporada.

De este año abrumador se harán sesudos balances, editoriales, prédicas, páginas *web*, *blogs*, extraordinarios y carísimos libros conmemorativos: con ello han florecido los expertos en mercadotecnia más que los literatos. En los balances se hablará del gran éxito: la divulgación de la obra de Cervantes. Es un hecho: el *Quijote* es actual superventas. No tener hoy un *Quijote* es peor de lo que, en su momento, significó no exhibir el *Guernica* en el comedor. La gran diferencia entre aquello y esto es que con el *Guernica* se protestaba y con el *Quijote* se asiente. ¡Es tan confortable asentir, sobre todo en algo tan inocuo y vistoso! ¡Mejor un *Quijote* que cien Mickey Mouse!

Ni siquiera los catalanes han dicho ni pío: el hidalgo elogió Barcelona, le otorga la sublime cualidad de ser una ciudad culta. Ni han propuesto cambiar a Rocinante por un catalanísimo burro. Una lástima: hubiera sido celebrado como una imaginativa aportación. Con don Quijote no hay quien pueda. Creo que esta conmemoración tan exitosa es la expresión perfecta del poder supremo del papanatismo contemporáneo: más homogeneidad, imposible. Pero me temo que esta saturación puede acabar con el encanto que pudiera tener un hidalgo menos *vedetizado.* Dos meses y todo parece *déjà vu. Repe*, dicen los niños. Mal síntoma.

EL MITO DE DON QUIJOTE EN LA HABANA

Basilio Baltasar

28/03/2005

Los que tuvimos la suerte de leer el *Quijote* siendo muy jóvenes sentimos a menudo la necesidad de buscar en sus páginas al más tierno, ingenuo y desocupado lector que fuimos. No en vano, en la odisea del noble y destartalado caballero —el que nos enseñó a respetar la oculta dignidad de la locura—, el entendimiento intenta reconocer los rasgos de nuestra propia biografía, preguntándose numerosas veces a lo largo del extenso relato si acaso no habría en este o aquel capítulo la revelación que nos metió en el camino que llevamos recorrido o la sentencia que nos hizo ser como somos. Otras obras de arte nos ayudan a emular el talento estético y a sofisticar la alambicada colmena de la inteligencia, pero muy pocas permanecen vigilando como un paciente maestro la confidencial conversación que mantenemos con nosotros mismos.

La primera vez que fui a Cuba, invitado por Ion de la Riva a dar una conferencia en el centro cultural que el diplomático había conseguido abrir en la fachada del malecón, fue para hablar de *Don Quijote de La Mancha.* Pocos meses llevaba Guillermo Cabrera Infante portando el galardón del Premio Cervantes y yo recordaba vivamente lo que había escrito en *Exorcismos de esti(l)o:* «Me gusta cómo algunos mitos reaparecen lejos de su sitio».

La sede del centro cultural español es un palacete de ribetes neoclásicos restaurado y pulido junto a la cochambre urbana de la vieja y vapuleada ciudad de La Habana. Por los amplios ventanales, abiertos de par en par, entraba en sucesivas oleadas de entusiasmo la pulverizada espuma del mar y la dulzona brisa del Caribe. Un público modoso y en manga corta me ofrecía su respetuoso silencio a cambio de lo que yo iba a presentar como un *mito:* la tristeza del caballero vagando en el exilio del mundo.

Para ilustrar la vigencia que a mi juicio conserva intacta el *Quijote* y con ánimo de sugerir la lectura «contemporánea» de sus aventuras, elegí dos capítulos que expresan pulcramente el valor y la melancolía de esa conciencia arrojada a soportar la adversidad del mundo con el único auxilio de sus propias fuerzas. En la liberación de los galeotes y en el ocaso de la ínsula Barataria es donde adquiere especial consistencia la intuición que nuestros héroes comparten sin confesárselo, fraternalmente, hasta recibir cada uno el modesto consuelo que podía ofrecerles el mundo.

En el capítulo XXII de la primera parte, don Quijote y Sancho ven por el camino a una docena de hombres «ensartados como cuentas en una gran cadena de hierro». Sancho dice que es gente forzada por el rey y don Quijote no cree posible que el rey pueda forzar a nadie. Con el permiso de los alguaciles que los llevan a galeras, don Quijote los interroga y concluye que ningún delito han cometido para merecer semejante suerte. Como considera que «no es bien que los hombres honrados sean verdugos de los otros hombres», ataca a los guardias y deja en libertad a los galeotes, no sin antes pedirles que visiten a doña Dulcinea del Toboso para contarle la hazaña de don Quijote. Los condenados no parecen sentir tanta gratitud, y para librarse de la obligación la emprenden a pedradas y palos contra el caballero y su escudero. Una vez cesa la *borrasca de piedras*, el asno de Sancho queda «cabizbajo y pensativo» y don Quijote «mohinísimo de verse tan malparado por los mismos a quien tanto bien había hecho».

En el capítulo LIII de la segunda parte, Sancho es gobernador de la ínsula Barataria. La aristocracia y el populacho español, unidos en su tradicional crueldad burlesca, acosan a Sancho con escarnios, palizas y ayunos hasta que el gobernador de la ínsula cae al suelo desmayado. Cuando despierta, Sancho se dirige en silencio al establo y, abrazando a su asno, «le da un beso de paz en la frente». Hablándole, recuerda los dichosos años que pasaron juntos hasta que «subido a las torres de la ambición y la soberbia se me han entrado por el alma adentro mil miserias». Al despedirse de sus falsos súbditos, les dice: «Dejad que vaya a buscar la vida pasada, para que me resucite de esta muerte presente».

No les resultará difícil —añadí a modo de colofón hermenéutico— ver representada en estas escenas la experiencia moral del hombre moderno. Como don Quijote, niega al soberano la potestad de sojuzgar, rechaza ser verdugo de otros hombres y de un mandoble, aunque sea imaginario, los pone en libertad. Igualmente, Sancho habla por boca nuestra cuando abomina de la ambición y lamenta las miserias de la soberbia que ha padecido en la isla Barataria.

La distancia narrativa entre los dos capítulos es considerable, pero en ellos se ha insinuado el desvelamiento que tantas veces temen nuestros amigos durante su desventurado viaje. Sancho comprende que en el sueño prometido —la ínsula gobernada con justicia— sólo encontrará una «muerte presente». Don Quijote sospecha que quizá no haya nadie en condiciones de admirar la grandeza de la epopeya proclamada por el héroe triunfante con sus armas.

En ambos casos Cervantes coloca al asno en el centro de la escena, como si le correspondiera ser el testigo mudo del secreto que don Quijote y Sancho descubren al rasgar el primer velo del mundo: la decepción es el consuelo del hombre honrado.

Las olas se rompían en las rocas del malecón, el viento entraba huracanado en la sala y el anfitrión esperaba moderar el coloquio que nunca tuvo lugar. No hubo preguntas y cada uno se fue por donde vino. Pero uno de los asistentes al acto se acercó para hacerme en voz baja una sorprendente confidencia: ¿Sabe usted que el *Quijote* fue el primer libro editado por la Revolución?

No, no lo sabía, y así se lo dije, sonriendo, como si hubiera comprendido, no obstante, lo que quería decirme.

Al día siguiente fui al mercadillo de libros de viejo, en la plaza de Armas, por si quedara todavía, treinta y ocho años después, algún ejemplar suelto de la valiosa e histórica edición cubana del *Quijote*. Nadie, salvo uno, supo nada del libro. Un bibliotecario negro, alto y elegante —que me recordó al que Cabrera Infante describe en *Vista de amanecer en el trópico:* «parecía desenrollarse como un acordeón de huesos y armarse sobre sí mismo en el aire»—, dejó su puesto a cargo de un ayudante mientras iba a buscar —dijo— el único ejemplar del que tengo noticia. Tardó media hora y regresó balanceándose con los cuatro tomitos de la primera edición. Me costaron diez dólares. Sólo los *bibliófagos* conocen la emoción que uno siente en estos casos.

Número uno de la Biblioteca del Pueblo. 1960. Un dibujo de Pablo Picasso con la figura de los dos jinetes y las ilustraciones, muy empastadas, de Gustavo Doré. Una frase de José Martí dedicada a Miguel de Cervantes —«aquel temprano amigo del hombre»— y un prólogo sin firma: «nuestro pueblo hace revivir hoy el mito entrañable del caballero de La Mancha. Las descomunales batallas en que el noble hidalgo manchego quedaba vencido serán ganadas ahora por el pueblo de Cuba».

Con el remordimiento de verme hecho un expoliador, como si llevara bajo el brazo un tesoro nacional, intenté averiguar quién fue el autor del prólogo y el responsable de ofrecer a la Revolución, como libro de cabecera, el *mito* que ha elaborado de un modo magistral la melancólica decepción de los derrotados. Pero no hubo modo de saberlo. Nadie en Cuba lo sabe. Cuando preguntas por el autor del prólogo anónimo a la primera edición revolucionaria de el *Quijote* o cambian de tema o miran a otro lado.

Sólo al regresar a Barcelona se me ocurrió hojear *Retrato de familia con Fidel*, el libro de Carlos Franqui publicado por Seix Barral en 1981, y ahí estaba, el recuerdo, haciendo de las suyas: al fundarse la Imprenta Nacional Carlos propone «tirar como primer libro, a millones de ejemplares, una edición del *Quijote*».

Carlos Franqui, el amigo íntimo de Cabrera Infante, fundador del diario *Revolución* en 1959, escritor y crítico de arte, el interlocutor con la inteligencia europea, embajador intelectual de la insurrección de los *barbudos*, organizador del Salón de Mayo, el Congreso Cultural y el Museo de La Habana; desterrado de Cuba en 1968. Néstor Almendros ha descubierto y retratado en su semblante la figura de Don Quijote que todos guardamos en la imaginación: recio, seco y enjuto, frente huida, nariz avanzada, barbilla estrecha, cuello flaco, y las comisuras de párpados y boca colgando por cada lado.

«Resulta curioso —escribe Cabrera en *La Habana para un infante difunto*— que este visitante ocasional llegara a tener tanta importancia en mi vida».

Los dos amigos, Cabrera y Franqui, al sospechar el derrotero que tomaba el *mito* de don

Quijote, viendo que no sería vengado por el pueblo de Cuba ni podría impedir lanza en ristre los duelos y quebrantos causados por la Revolución, ni deshacer sus entuertos ni liberar a los desdichados, tomaron la ruta del exilio, para dar un significado más profundo a la tristeza de la decepción.

AL PESO

Luis Manuel Ruiz

14/04/2005

Y hablando de Quijotes y de centenarios, observo que en estos días se menciona poco una página de la novela, no sé si cómica o no, que a mí siempre me ha intrigado mucho y que en las ediciones críticas suele ocupar un lugar entre el frontispicio y los diversos prólogos de los sabios de guardia por un lado, y el privilegio del rey por el otro: me refiero a la Tasa. En ese breve párrafo de dos o tres decenas de líneas, un tal Juan Gallo de Andrada da fe de que el *Quijote* ha sido compuesto sobre 83 pliegos de papel al coste de 3 maravedíes y medio cada uno, lo que arroja un precio obligatorio para la obra de 290 maravedíes y medio sin encuadernar. Mi erudita versión del clásico anota al pie de esta página que, en la época de su aparición, un kilo de carnero alcanzaba en el mercado el precio de 28 maravedíes, lo cual significa que un ejemplar de la novela equivalía más o menos a 10 kilos y pico de carnero.

El Romanticismo ha trabajado tanto por convencernos de que la obra de arte no puede parangonarse con el resto de productos que se despachan en un colmado y de que entre el carnicero y el poeta media un abismo mucho mayor que entre el hacha y la pluma que manejan respectivamente, que ahora nos da un poco de pudor o de risa leer esta advertencia estampada en toda la frente del más despampanante de nuestros tesoros literarios. Y sin embargo, esa consideración material, crematística, cárnica del libro nos asalta a veces, procedente de algún reducto irracional de nuestro cerebro. Recuerdo que muchas veces, refiriéndose en cartas a amigos a esos folletines monumentales con que se ganaba algo más que la vida, Alexandre Dumas no se extendía en comentar las metáforas, las actitudes de los personajes o los vericuetos de la trama que poblaban sus creaciones, sino, mucho más prosaicamente, las páginas: le obsesionaban las páginas, hablaba de páginas sin cesar una vez y otra, necesito redactar un número más elevado de páginas al día, ayer conseguí casi medio centenar de páginas de un solo golpe, sólo 32 páginas me separan del final del relato. Sus razones no le faltaban: Dumas cobraba por el número de pliegos entregados al editor, y eso facilita que en *Los Tres Mosqueteros* se choque con diálogos largos como escaleras en que D'Artagnan precisa de 45 puntos y aparte para confesar a Constance que había dado un rodeo por aquel arrabal de París por el solo placer de encontrarse con ella.

Tal vez no esté de más rebajar un poco el lastre de esos mitos tontos que pretenden que el escritor es un semidiós camuflado entre humanos, y que producir un solo capítulo de novela vale mucho más que diez jornales de picapedrero en una mina de sal. En dos meses, una librería malagueña llamada Sprin ha conseguido sacudir nuestras conciencias a través de un método certero: vender los libros al peso. Como en una tienda de ultramarinos, cada escritor o género tienen asignado un precio por gramos de los que el cliente se sirve a discreción, dependiendo de la dosis que necesite para ir al baño o echarse la siesta. Una iniciativa tan arriesgada que no puede sino suscitar un número equivalente de entusiastas y de detractores: pero que puede devolver el libro a la calle y hacerle valer como lo que es, un objeto más, una herramienta, un pariente de la llave inglesa y del impermeable que tiene por misión salvarnos de otras lluvias.

CONMEMORACIÓN

Eduardo Mendoza

18/04/2005

[illegible]

[illegible]

[illegible] en [illegible]

[illegible] y hoy [illegible]

[illegible] al [illegible] de la noche

[illegible]

A las minúsculas aflicciones de la vida cotidiana que entorpecen nuestro trabajo, enturbian nuestra razón, agrian nuestro carácter y merman nuestra salud, ha venido a sumarse este año el cuarto centenario de la publicación del *Quijote*. Por regla general, las efemérides de tipo artístico, religioso o patriótico interesan a quien interesan y no hay motivo alguno para imponérselas al resto de la población, a menos que previamente se haya convocado un referéndum. En el caso que ahora nos ocupa, la celebración no beneficia a casi nadie e incomoda a casi todos. Algunos editores venderán, no sin riesgo, unos cuantos ejemplares de la obra, y a quien sea avispado y se lo trabaje, igual le cae una pequeña subvención de aquí o de allá. Pero si mis cálculos no fallan, la rentabilidad del acontecimiento es baja, sobre todo comparada con las de años anteriores, de feliz memoria. A cambio de esto, y para el resto del común, lo dicho: un verdadero moscardón cultural. Los especialistas y eruditos gozarán de un efímero y magro protagonismo que les beneficia poco, les estorba mucho y puede desembocar en demencia pasajera. Los profanos, peor: unos, porque no han leído el *Quijote* y han de cargar con la mala conciencia; otros, porque lo leyeron en su día y preferirían que se les dejara en paz. La obra en sí no mejora ni empeora, pero corre el riesgo de hacerse antipática o convertirse en algo banal. Y, por supuesto, Cervantes ni se entera.

Sin embargo, no todo es negativo para quien sabe ver el lado bueno de las cosas. Por primera vez, en el resbaladizo terreno de los hechos significativos, estamos celebrando la publicación de un libro. La simple aparición de una buena novela. Nada más. Por lo que llevo oído, visto y leído, ni el más conspicuo carca ha desenterrado el apolillado estandarte de la identidad nacional. Ni una referencia a la esencia de lo español. Ni siquiera don Miguel de Unamuno ha sido llamado a escena.

Tal vez, después de tanto tiempo, se hará realidad el lema de despensa, escuela y siete llaves al sepulcro del Cid, que propugnaba para remedio de todos nuestros males Joaquín Costa, cuyo centenario, por cierto, tendríamos que empezar a preparar ya, si no queremos que luego se nos eche el tiempo encima.

(Artículo aparecido en El País*)*

UN CASTELLANO
(DON QUIJOTE EN BARCELONA)
Francisco Rico

21/04/2005

Don Antonio Moreno sacó a pasear a su huésped por las calles de Barcelona vestido con una especie de batín y a la espalda un letrerillo que decía «Éste es don Quijote de la Mancha». Entre quienes lo contemplaban con admiración y estupor, surgió de pronto «un castellano que leyó el rétulo de las espaldas» y «alzó la voz diciendo: —¡Válgate el diablo por don Quijote de la Mancha! ¿Cómo que hasta aquí has llegado sin haberte muerto los infinitos palos que tienes a cuestas? Tú eres loco, y si lo fueras a solas y dentro de las puertas de tu locura, fuera menos mal, pero tienes propiedad de volver locos y mentecatos a cuantos te tratan y comunican; si no, mírenlo por estos señores que te acompañan. Vuélvete, mentecato, a tu casa, y mira por tu hacienda, por tu mujer y tus hijos, y déjate de estas vaciedades que te carcomen el seso y te desnatan el entendimiento». Don Antonio interviene oportunamente y «el castellano» se retira lamentando que «el buen ingenio que dicen que tiene en todas las cosas este mentecato se le desagüe por la canal de su andante caballería» y prometiéndose no volver nunca a dar «consejo a nadie, aunque me lo pida» (II, 62).

Podemos hoy preguntarnos, sobre todo en Barcelona: ¿por qué quien alza la voz (el giro no se usa en balde) es precisamente «un castellano» y, por excepción en los capítulos catalanes de la novela, tratándose de una criatura del todo ficticia, identificado exclusivamente por la procedencia? No es, desde luego, en razón de la lengua que habla, ni menos para que don Quijote la entienda, porque cuando conviene no deja Cervantes de indicar que los protagonistas se expresan «en lengua catalana» (II, 60), y porque hasta los operarios de la imprenta (sin duda) de Cormellas, en la castiza calle del Cal, llaman al castellano «nuestra lengua».

Los castellanos hemos tenido siempre fama de secos y veraces. Como en todos los mitos sobre los caracteres nacionales, puede haber un mínimo punto de verdad, en la medida en que tales tópicos se hacen eco de ciertos usos o comportamientos forzados no por ningún «Volkgeist», sino por circunstancias materiales, o, todavía más, en la medida en que los indígenas acaban por creérselos y se esfuerzan artificiosamente por ajustarse a ellos.

Pero estoy convencido de que Cervantes no saca a escena ahí a «un castellano» como representante del prejuicio común de que «jamás se ha visto verdad / por castellano rompida», según declamaba Lope. Creo más bien que la respuesta está donde no parece que se la haya buscado, por más que estoy aludiendo al celebérrimo, trilladísimo elogio cervantino de Barcelona: «archivo de la cortesía, albergue de los extranjeros...» (II, 72).

En efecto, si el narrador no hubiera especificado que quien increpa a don Quijote es «un castellano» anónimo, se habría entendido sin más que los desabridos reproches al caballero sonaban en boca de un barcelonés, y ello habría supuesto una desconsideración con el forastero, una conducta que Cervantes juzgaba inimaginable para una ciudad en costumbres, «en sitio y en belleza, única».

La misma respuesta es válida para la vieja cuestión de por qué el anfitrión de don Quijote lleva un apellido en principio (o a primer oído) tan poco catalán como «Moreno». (Los nombres de pila siempre se han adaptado al idioma de quien habla o escribe, y, por otra parte, en esa época ya estaba bien asentada en el Principado la tradición de usarlos en castellano.) Cervantes sabía bautizar a un personaje inventado de manera tan inequívocamente catalana como «Clauquel Torrellas» (II, 60): si con Moreno no obra así, sus motivos tendría.

El caso es que la situación era delicada. Aunque pone un exquisito interés en que don Quijote no lo advierta ni se sienta herido, antes bien tratado con suma honra y aprecio («de lo cual, hueco y pomposo, no cabía en sí de contento»), don Antonio, al igual que los duques, hace al caballero objeto de burlas, lo utiliza como juguete para divertirse con sus amigos. El proceder del anfitrión se prestaba, pues, a la censura de faltar a la hospitalidad y los buenos modales con un invitado venido de fuera, de ser impropio de un «albergue de los extranjeros».

De ahí que el novelista resuelva la papeleta con una elegancia muy suya: don Antonio está perfectamente arraigado en Barcelona, pero no es catalán o no pertenece a una de las viejas familias barcelonesas. Según Cervantes, nadie podría así acusar a Barcelona de no ser un repertorio de todas las finezas. Sí, «archivo de la cortesía».

ELOGIO DE LA INCERTIDUMBRE
Carlos Fuentes

23/04/2005

Discurso de aceptación del doctorado honoris causa de la Universidad de Castilla-La Mancha, pronunciado el 20 de abril de 2005.

El *Quijote* es un libro de ayer, porque la novela de Cervantes aparece en el gozne entre los siglos XVI y XVII, en la España de Felipe III y la Contrarreforma, pero se inscribe en el radio mucho más amplio de la cultura del Renacimiento y la propuesta erasmista de la doble verdad: «Todas las cosas humanas», leemos en *El elogio de la locura*, «tienen dos aspectos... Todo en la vida es tan oscuro, tan diverso, tan opuesto, que no podemos asegurarnos de ninguna verdad...».

Leído a la luz de Erasmo —maestro del maestro de Cervantes, López de Hoyos—, el *Quijote* recoge las lecciones del *Elogio de la locura*, obviamente, porque don Quijote pasa por ser loco pero a cada momento se muestra más cuerdo que nadie al grado de que su aventura relativiza los absolutos tanto de la lógica como de la imaginación, dándole su parte de razón a la locura de don Quijote y parte de su locura a la razón del mundo.

Que la razón, suplicó Erasmo en el renacer del siglo XVI, no se convierta en nuevo dogma en el lugar de la fe. Y advirtamos, dijo más tarde Pascal, que sería una locura, por otro giro de la razón, no estar un poco locos.

El erasmismo fue un intento auroral de conciliar las verdades de la razón y la fe. Tanto la Reforma como la Contrarreforma, con sus respectivas intolerancias, sofocaron el diálogo de la razón y la fe. Cervantes, a mi parecer, se vale de las certezas dogmáticas de su tiempo para humanizarlas, relativizarlas y someterlas a la prueba de la incertidumbre.

Es más: Cervantes, en el *Quijote*, pone, en cada página, a prueba la realidad. Pero no niega. *Afirma:* hay una realidad del mundo en la medida en que hay una imaginación del mundo. Y ésta es una afirmación válida para ayer, hoy y mañana.

La imaginación cervantina pasa por el fino cedazo de la incertidumbre, palabra rectora de todo el universo del *Quijote*.

Incierto es el escenario de la novela: un lugar de La Mancha de nominación indeterminada.

Incierto es el género de la obra, toda vez que Cervantes está inaugurando la novela moderna como género de género o, como propone Claudio Guillén, *diálogo* de géneros.

El diálogo de Quijote y Sancho es entre la épica caballeresca intemporal y la picaresca radicada en el aquí y el hoy. La interacción de los personajes subordina ambos géneros, pero los revitaliza al relativizarlos en el roce con los demás géneros presentes en el *Quijote:* el pastoril, el morisco, la novela de amor, la balada, la novela italiana, la novela bizantina: todas las voces narrativas previas al *Quijote* encuentran su foro dialogante en el *Quijote.*

Cervantes, sin embargo, va mucho más allá de este cruce genérico para darle la máxima amplitud, fundando la que consideramos, con justicia, la primera novela moderna.

Al pasar del género establecido o canónico al dinámico diálogo de géneros, Cervantes introduce también la incertidumbre autoral. ¿Quién escribe la novela que leemos? ¿Un tal Cervantes, más versado en desdichas que en versos, cuya *Galatea* ha leído el cura que hace el escrutinio de los libros de don Quijote? ¿Un tal de Saavedra, mencionado por el Cautivo con admiración, a causa de los hechos que cumplió por alcanzar la libertad? ¿O se debe la autoría al agónico quehacer del historiador arábigo y manchego Cide Hamete Benengeli, quien vierte al castellano los papeles de un anónimo traductor morisco: un relato rescatado, casi, del basurero? ¿O será verdadero autor del *Quijote* el villano usurpador Alonso Fernández de Avellaneda, autor de la versión apócrifa que se convierte en parte de la segunda parte de la novela cuando obliga a don Quijote a cambiar de ruta y seguir a Barcelona a fin de denunciar la farsa de Avellaneda y demostrar que él, «don Quijote, es el verdadero personaje real del *Quijote*?». O será enmascarado autor de la novela Ginés de Pasamonte, galeote liberado por don Quijote y «por otro nombre llamado» Ginesillo de Parapilla, personaje transformista que vuelve a aparecer como el titiritero Maese Pedro y a quien Francisco Rico, en su magnífica edición del libro, identifica como el aragonés Jerónimo de Pasamonte, «a quien Cervantes conoció» y candidato, añade Rico, a ser precisamente el que se oculta tras el seudónimo de Avellaneda el pícaro.

Pero cuidado, que esta autoría podría extenderse a toda la familia de La Mancha, la vasta descendencia del *Quijote* en el *Tristram Shandy* de Sterne, en las andanzas de *Jacques y su Amo* de Diderot, en las Quijotitas que creen a pie juntillas todo lo que leen: novelas góticas de Jane Austen, folletines románticos en *Madame Bovary*... Hijos de La Mancha son, al cabo, todos los novelistas contemporáneos que rescatan la herencia del *Quijote*, la menospreciada herencia que evoca Milan

Kundera, la tradición que se autocelebra como ficción, consagra su génesis ficticia, se sabe hija de otros libros, es reflexiva, lee al mundo y lo dice, parte de la inexperiencia y lo admite, hasta aterrizar en *Pierre Menard autor del Quijote*, que es la manera como Borges nos indica que, al cabo, el autor del *Quijote* eres tú, hipócrita lector, mi semejante y mi hermano. Somos nosotros los que, al leerla, le damos su actualidad a la novela de la incertidumbre no sólo autoral, sino nominal.

Sí, incierto nombre también. El *Quijote* acentúa su libre incertidumbre a través de un verdadero carnaval onomástico, en el que no sabemos a ciencia cierta si don Quijote, en la vida civil, es Quixano, Quixana o Quezada, como en el modo pastoril es Quijotiz, y en otros pasajes caballerescos, el Caballero de los Leones y el Caballero de la Triste Figura. Lo cierto es que quien entra a la esfera de don Quijote, cambia de nombre y aun el centro de estabilidad nominativa, que es Sancho Panza, es un multiplicador de apelativos: convierte al fiero Fortinbrás en el Feo Blas, a Cide Hamete Benengeli en Berenjena y al yelmo de Mambrino en bacín del barbero Malandrino.

La Condesa Trifaldi se transforma en Tres Faldas, Tres Colas, Condesa Lobuna y Condesa Zorruna. Mas, ¿no ha sido el propio Quijote, en tesitura épica, quien ha abierto la puerta al festival onomástico con su invocación temprana de héroes con nombres tan estrafalarios como Lepolemo Caballero de la Cruz, Platir hijo del emperador Primaleón, enfrentados a enemigos, reales e imaginarios, que multiplican la adjetivación delirante de don Quijote: gente endiablada y descomunal, fementida canalla, a la cual sólo puede vencer don Quijote, émulo de Alifanfarrón de la Trapobana y Pemtapolpín del Arremangado Brazo.

La novela moderna, nos explica Victor Schlovsky, nace a partir de la estratificación del lenguaje que deja de ser único y comprensible para todos y admite, en cambio, la diversidad del habla, mediante el reprocesamiento de todos los niveles del lenguaje. Esta posibilidad, que le es negada a la épica y a la tragedia, es lo propio de la novela: los personajes ya no se entienden entre sí. Se entienden Aquiles y la Amazona Pentesilea, incluso se entienden Ulises y la diosa Calipso. Pero no se entienden Madame Bovary y su marido, ni Ana Karenina y el suyo.

Quijote y Sancho hablan dos estilos opuestos y de su encuentro surge el lenguaje propio de la novela, un malentendido constante que convierte a Dulcinea-Aldonza en *Miss Understanding*, señorita incierta pero que, gracias a ello, nos permite acceder a la pedagogía misma de la novela: un lenguaje ilumina a otro lenguaje. Nadie es dueño absoluto, como en el pasado pudo ocurrir, de las palabras.

Este triunfo de las palabras como corona de la imaginación pasa por el descubrimiento de la novedad del libro y de la lectura.

Don Quijote es un lector de todos los libros que se convierte en libro leído por todos los lectores. Ya desde la primera parte, Quijote habla de «el sabio que habrá de escribir esta historia». Ya vimos la pluralidad autoral que nos ofrece el libro de don Quijote. Pero hay un momento en el cual el problema ya no es *quién* escribió el libro sino quién lo *leyó*, lo *lee* y lo *leerá*. Ese momento ocurre cuando don Quijote, el lector afiebrado, se sabe leído e impreso. Don Quijote deja atrás sus propias lecturas y es perseguido por su propio libro. Al cabo, el libro lo alcanza y se convierte en él. El personaje don Quijote se transforma en el libro *Don Quijote*.

Si en la primera parte don Quijote puede preguntar: ¿quién me escribe?, en la segunda puede exclamar: ¡soy escrito!

Unidos para siempre el personaje y su libro, de este ayuntamiento nace *el lector del libro*. El lector del *Quijote* aparece necesariamente cuando se rompen las fronteras narrativas del libro y desaparecen las cercas que separaban al narrador de lo narrado y al lector de lo leído.

Así como don Quijote no escribe nuevos libros de caballerías sino que los vive, para seguirlos leyendo debe actuarlos pero para seguir viviendo va a necesitar al lector de su propia épica cómica.

Así como en la novela de Cervantes entran y salen de las historias los protagonistas y los narradores, los historiadores y los traductores, así entran y salen ahora *los lectores.*

De ser lector de textos anteriores, don Quijote se transforma de esta manera en autor de un nuevo texto cuya vida depende del *siguiente* lector de la novela de Cervantes.

Porque el lector sabe algo que no conoce el autor: el lector conoce el futuro.

Nosotros somos parte del futuro que no conoció Cervantes: somos la actualidad legible de la novela *Don Quijote*.

Y si Cervantes escribió el *Quijote* en una época alterada por el paso de las certezas del Medioevo a las dudas del Renacimiento y a una Modernidad embargada entre la eclosión de grandes talentos individuales que ya no toleraban el anonimato y querían no sólo el nombre, sino el renombre, al tiempo que coexistían la primera globalización —la de Colón y Magallanes— con las ambiciones dinásticas, las rivalidades comerciales y las pugnas religiosas, como coincidían la sujeción colonial de pueblos aborígenes y la creación de un estatuto jurídico que los protegiese, al tiempo que la norma medieval de la guerra constante y la paz excepcional se transformaba en *desideratum* jurídico de que la paz fuese norma y la guerra excepción.

Entonces todo esto, y mucho más, definen el *hoy* de la época de Cervantes. ¿Qué define *nuestra* actualidad como lectores de Cervantes cuatro siglos después del primer *Quijote*?

Miremos a nuestro alrededor.

Hay un aplazamiento y a menudo una perversión de las agendas humanas al iniciarse el siglo XXI.

Los gastos militares rebasan con mucho los destinados a la salud, la educación, el desarrollo.

Las urgentes demandas de la condición femenina, la tercera edad y la juventud desorientada e inconforme, son abandonadas al azar.

Las ofensas contra el medio ambiente se multiplican.

Conquistas internacionales ganadas con perseverancia crítica y a veces con sacrificio humano —diplomacia, multilateralismo, apego al orden jurídico— son avasalladas por la premura ciega del unilateralismo y la guerra preventiva, con altísimo costo para todos.

A menudo, todo esto induce a dos actitudes igualmente peligrosas.

Por una parte, la beatitud pasiva. Hay quienes creen que vivimos en el mejor de los mundos posibles porque nos han dicho que lo indispensable es imposible.

Por otra parte, somos deliberadamente avasallados por un agitado aunque pasivo temor al Apocalipsis latente.

Señoras y señores:

Hay uno, dos, tres *tsunamis* en su futuro.

Pero detrás de la complacencia y la pasividad está la profunda sospecha, prevista por Goethe, de que «Dios deje de querer a sus criaturas y deba, una vez más, aniquilar al mundo y empezar de nuevo».

El espacio ha capitulado: gracias a la imagen, podemos estar en todas partes instantáneamente.

Pero el tiempo se nos ha pulverizado en instantes, perdiendo la capacidad de imaginar el pasado y recordar el futuro en un *continuum* más allá de lo que Emilio Lledó denomina «el etéreo imperio de las imágenes».

De allí la importancia de Cervantes y el *Quijote* para nuestro propio tiempo.

Cervantes y don Quijote son la constante advertencia de que el lenguaje es cimiento de la cultura, puerta de la experiencia, techo del mundo, azotea de la imaginación, recámara de amor y, sobre todo, ventana abierta al aire de la duda, la incertidumbre y el cuestionamiento.

¿Y adónde nos conduce la incertidumbre del *Quijote?*

A la realidad del libro.

Y al corazón de la realidad.

Don Quijote de la Mancha, a cada relectura, nos devuelve el color del mundo. Lo que parecía incoloro y al menos grisáceo, recobra intensos rojos, brillantes amarillos, cielo y mar azules, boscosos verdes y eso que Melville vio en otra gran epopeya crítica, el *Moby Dick:* el *blanco* que contiene todos los colores pero sobre todo el negro de nuestra conciencia nocturna y de nuestra luminosidad por amanecer.

Pero el *Quijote*, me dirán ustedes, es todo luz.

No lo veía así Dostoievski, quien leyó el *Quijote* como «la novela más triste de todas», porque es «la historia de una desilusión».

Ilusión y desilusión. ¿No trasciende Cervantes ambas alternativas demostrándonos que sólo hay una realidad del mundo —triste o gozosa— en la medida en la que hay una *imaginación* del mundo?

¿No nos demuestra la imaginación literaria que el mundo no es sólo lo que es o parece ser sino lo que fue y lo que puede ser?

¿Y no nos dice Cervantes que si no hay imaginación en el mundo, pues entonces, hay que inventarla?

La duda cervantina nos está diciendo que como la autoría (la autoridad) y los nombres son susceptibles de muchas explicaciones, también lo es el mundo mismo: nuestra realidad no es fija, sino mutable, sólo nos acercamos a la realidad si no pretendemos abarcarla: novela relativa de realidades parciales, el *Quijote* es un valladar contra el totalitarismo.

Toda verdad, como toda razón, está aquí en tela de juicio.

Aquí, sólo nos acercamos a la verdad si no pretendemos ser sus dueños.

Y sólo nos acercamos a la razón si la conjugamos con la imaginación.

Novela fundadora de la novela, *Don Quijote de la Mancha* es también la ficción que funda la verdad, la ficción que pone a prueba la razón, la ficción que inventa lo que falta en el mundo, la ficción que nos permite apropiarnos del mundo, la ficción que le da color, sabor, sentido, sueño y vigilia, perseverancia y holganza, al mundo.

Entra en ti mismo y descubre al mundo, nos pide Cervantes.

Pero también, sal al mundo y descúbrete a ti mismo.

Novela próxima a todos los tiempos y al nuestro mismo porque nos demuestra que sólo se acerca a la verdad quien no trata de imponer su verdad.

Novela que nos enseña, al cabo, a pasar del milagro al misterio con escala indefinida en el asombro.

(Artículo aparecido en El País*)*

POBRE CERVANTES

A. R. Almodóvar

27/04/2005

[illegible] el movimiento [illegible] los [illegible] de [illegible] recibido de [illegible] y durante varias veces en la [illegible] que el Rey [illegible] y hasta [illegible]

Veo a don Miguel muy feriado estos días. Ensalzado, elevado a los altares de la cultura oficial. Hasta una «misa por el alma del escritor y soldado Miguel de Cervantes» se celebró en Sevilla el día 23. No se me cae del pensamiento lo que fue su verdadera vida, su triste vida, por estos andurriales de la España imperial. Comisario de suministros para la Invencible, a lomos de mula renga, de Sevilla a Écija, La Rambla, Castro del Río, Cabra, Carmona..., de la ceca a la meca. Una Andalucía, eternamente feudal, que lo recibió de uñas y dio con él varias veces en la cárcel, le escamoteó el trigo que el Rey demandaba para alimentar su locura, y hasta una excomunión le llegó, seguramente por haber osado tocar los almacenes de la Iglesia. No pudo el demente de El Escorial asignarle un oficio más cabrón.

Gracias a él, sin embargo, se forjó el autor del *Quijote*. Como que fue en la Cárcel Real de Sevilla, hacia 1597, donde le asistió el primer vislumbre de la sátira descomunal. Allí ejercía de capellán el jesuita Pedro de León, quien, según las últimas pesquisas, bien pudo suministrar el primer cargamento: el *Relato del Peregrino*, una autobiografía de Ignacio de Loyola, dictada al jesuita portugués Luis Gonçalves, puesta en circulación a partir de 1572. Diez años antes de que el biógrafo oficial de la Compañía, el Padre Ribadeneyra, escribiera ese edulcorado engendro que es la biografía del santo, «flagrante delito de deformación hagiográfica», como ya observó Marcel Bataillon, contra la opinión, más beata, de los historiadores españoles. (Menos mal que existen los hispanistas extranjeros.) El *Relato* fue escondido por los propios jesuitas, y no reapareció hasta mediados del siglo XX. Fue entonces cuando un discreto profesor de instituto de Sevilla, el extremeño Federico Ortés, gran lector de Cervantes, reparó en las analogías dobles que hay entre la novela, la biografía trucada de Ribadeneyra, y la biografía verdadera de Gonçalves. Un hallazgo de mucha importancia que pueden ustedes disfrutar en *El triunfo de don Quijote*, con sus 689 páginas llenas de descubrimientos. Libro que, ni que decir tiene, ha sido reglamentariamente apuñalado de silencio por los cervantistas del reino.

Una cierta analogía entre los primeros capítulos del Quijote y la biografía de San Ignacio había sido observada de antiguo. Ya Voltaire daba por hecho que la criatura de Cervantes nació como una caricatura del santo —por cierto, perseguido en vida por la Inquisición, a causa de sus tendencias inequívocamente erasmistas—. Opinión seguida por Bowle, Unamuno, Cejador, Corradini... Pero lo que ninguno de ellos observó fue que había un doble juego en la parodia, puesto que Cervantes tuvo a la vista las dos biografías, y decidió arremeter contra la manipulación efectuada por los propios seguidores del fundador de la Orden. De hecho, Cervantes fue tachado de hereje durante mucho tiempo en los colegios de la Compañía, y silenciado. Mayáns, en la primera biografía fiable del alcalaíno (1737), observó «el ambiente anticervantino que predominaba en los grupos de intelectuales de la corte». Pero Cervantes nunca le ha debido nada a la Corte, ni a la Academia, ni a la Universidad. Sino a sus fieles lectores. La historia se repite.

A VUELTAS CON EL QUIJOTE

Diego Galán

06/05/2005

Durante [illegible] periódico la continuación [illegible] centenario del *Quijote*, [illegible] que [illegible] mercado [illegible] tres de las [illegible] sobre [illegible] de [illegible] [illegible] de [illegible] [illegible] en los [illegible] [illegible] volumen de [illegible] [illegible] entre los que figuran [illegible] Pérez y Sanz Moliner. En su momento [illegible] *Don Quijote de la Mancha* despertó [illegible] Fernández [illegible] y [illegible] Ponce [illegible] [illegible] [illegible] [illegible] [illegible] [illegible] [illegible] [illegible] [illegible] [illegible] [illegible]

El cine no ha perdido la oportunidad de sumarse al centenario del *Quijote*, aunque sea brevemente. En el mercado de *deuvedés* han aparecido esta semana tres de las escasas películas que se han hecho sobre tan famoso e ingenioso hidalgo. Una de ellas, remasterizada y con extras, es, en la opinión de muchos, la mejor de cuantas se hayan filmado, la de Rafael Gil en 1947, con Rafael Rivelles y Juan Calvo en los principales personajes, y una buena nómina de aquellos magníficos secundarios entre los que figuran, jovencísimos, Fernando Rey y Sarita Montiel. En su momento, este *Don Quijote de la Mancha* despertó entusiasmos (Fernández Flórez y Jardiel Poncela se deshicieron en elogios), valorándose el que no pretendiera ser una interpretación del personaje, sino una simple (y buena) reproducción de sus pasajes más conocidos. Han aparecido igualmente *Dulcinea*, que Vicente Escrivá dirigió en 1962 con Millie

Perkins, aquella chica que deslumbró en *El diario de Ana Frank;* es una adaptación de la obra de Gaston Blay en la que Aldonza es una prostituta de El Toboso a la que Sancho entrega una carta de amor de su amo moribundo y ella vislumbra un cambio en su vida. Finalmente, la peculiar *Don Quijote cabalga de nuevo*, con un Fernán-Gómez extraordinario como caballero de la triste figura y un inesperado Cantinflas en el papel de Sancho.

Los historiadores antiguos hablan de un ignoto *Quijote* filmado en 1908 en Barcelona, perdido para siempre. Los que ahora pueden verse en filmotecas y esporádicas televisiones son la solemne versión del austro-húngaro Georg Wilheim Pabst (1933), la del soviético Grigori Kozintsev en 1957 con el legendario Nikolai Cherkasov, el Iván el Terrible de Eisenstein, una simpática versión de dibujos animados de Cruz Delgado, y el gran serial de Gutiérrez Aragón. Poco más.

Adaptar el *Quijote* debe de dar miedo. A los directores, por razones obvias, y a los productores porque a estas alturas parece que todos nos sabemos el libro de memoria y poco interés nos despierta ver de nuevo lo de los molinos. Además, algunos intentos se han quedado en el camino provocando cierta leyenda de misión imposible: el más conocido es el de Orson Welles, rodado a salto de mata a lo largo de 30 años; su empeño en adaptar el *Quijote* a la España de nuestros días sólo vio la luz años después, parcialmente, y a través del punto de vista de Jesús Franco, que ordenó los fragmentos encontrados: fue una pena que no se pudiera contar con aquella secuencia en la que don Quijote atacaba con su lanza una pantalla de cine, molino de viento de nuestros tiempos. Sin olvidar al pobre Terry Gilliam, al que no hubo desgracia que no le visitara cuando intentaba rodar *El hombre que mató a don Quijote*, del que al menos ha quedado una huella excelente en el documental *Lost in La Mancha*. Y aún hay más casos como el de Eduardo García Maroto en 1960, que sólo llegó a filmar el primer capítulo de una serie. A pesar de tales precedentes, en la República Checa se está rodando ahora mismo una nueva versión, tras la que sus vecinos húngaros hicieron hace ocho años, y Javier Fresser se ha llevado a don Quijote a Senegal al tener éste conocimiento de la intención de los países ricos de ceder el 0,7% de su PIB a los países pobres. Es *Cero siete* uno de los cortos del proyecto *Ingenio 400*, colgados en Ingenio400.com, que desgraciadamente no siempre funciona bien. Hay más quijotes para este año: *Honor de caballería*, de Albert Serra, *Las locuras de don Quijote*, de Rafael Alcázar, la película de animación *Donkey Xote*...

Sin embargo, sigue siendo curioso que el libro más traducido haya inspirado tan escaso interés al negocio del cine grande, siempre tan avispado. ¿Qué tendrá don Quijote, qué será?

LOS COPISTAS DE FLAUBERT

José María Ridao

14/05/2005

El rastreo de la estirpe cervantina en la ya larga historia de la novela suele encontrar en *Madame Bovary* uno de sus hitos más sobresalientes y, a la vez, más indiscutibles. Al igual que en el caso del hidalgo manchego, la peripecia del personaje de Flaubert se describe como un trastorno de la razón, como una auténtica intoxicación literaria, cuyo síntoma más característico se manifiesta en la dificultad psicológica para compatibilizar el alto ideal que destilan algunas obras de género, consumidas con obsesiva devoción por ambos personajes, con la vulgaridad y la miseria de la vida cotidiana, de toda vida cotidiana. El paralelismo entre la fantasía caballeresca de Alonso Quijano y la inflamación amorosa de Emma Bovary resulta, a este respecto, inequívoco, lo mismo que el origen libresco de sus respectivas ambiciones y esperanzas. Incluso el abrupto desengaño que padece el personaje de Flaubert, su desgarradora rendición ante la realidad, sórdida a sus ojos, de que el amor y los instintos se asemejan hasta resultar indistinguibles, parece albergar ecos diáfanos del parlamento con el que don Quijote se despoja, ya frente a la inminencia de la muerte, del extravagante disfraz que ha consumido sus días y sus fuerzas.

Al recoger un cabo concreto de los muchos que el *Quijote* tiende a sus lectores, al reutilizar uno de sus innumerables artificios con preferencia sobre todos los demás, Flaubert no sólo continúa la empresa literaria de Cervantes, confirmando que la ofuscación acerca de que el ideal es sólo eso, ideal, sabotea el sosiego y hasta la felicidad de quien lo abraza. Flaubert, además, singulariza esa empresa y, en la medida en que la singulariza, la destaca sobre otras empresas posibles, contribuye a darle forma y a crearla, reordenando la manera en la que se reciben y se interpretan series completas de obras a partir de la suya. Gracias en buena parte a que Flaubert concibe la inflamación amorosa de Emma Bovary según el modelo de Alonso Quijano y su arrebato por el ideal caballeresco, es posible percibir con creciente nitidez, no ya el vínculo que une entre sí novelas como *Ana Karenina*, *Effi Briest*, *O primo Bazilio*, *La regenta* y, en general, las más destacadas entre las que trataron del amor adúltero durante el siglo XIX, sino su discreta filiación cervantina. Ahora bien, en tanto que textos literarios, en tanto que obras abiertas a múltiples lecturas, cabría legítimamente preguntarse si el ideal al que se refieren los diferentes autores, el ideal que se vuelve contra el sosiego y la felicidad de quien lo abraza, es sólo el del amor romántico que profesan invariablemente sus heroínas o, también, el que late bajo una institución como el matrimonio, según las convenciones bajo las que se concebía entonces. Concertado por razones muchas veces sórdidas o por simple interés entre familias, los contrayentes habían de confiar, sin embargo, en que una inexplicable alquimia habría de convertirlo en fuente de mutuo respeto, de afecto compartido y, en último extremo, de auténtico amor.

La apertura del proceso judicial contra Flaubert constituye la prueba más terminante de que la aproximación a *Madame Bovary* admitía, al menos, esa doble perspectiva, puesto que es difícil suponer que los censores que clamaron contra la hipotética inmoralidad de la novela lo hicieran pensando en la invectiva contra el amor romántico que sin duda contiene, y no en su implícita reprobación del matrimonio, de cierto tipo de matrimonio. Por suerte para la historia de la literatura, pero también para las mujeres sometidas a una voluntad ajena y, en definitiva, para la causa de la libertad humana, la mecha de Flaubert prendió en otros escritores, lo mismo que la de Cervantes había prendido en Flaubert, y el género de la novela fue realizando su particular contribución para que se reconocieran, primero, y se admitiesen, después, realidades hasta entonces dolorosamente soterradas. Por esta vía, el corrosivo contraste entre el ideal caballeresco y la realidad de la España del XVI no agotó de una vez su carga subversiva, sino que siguió surtiendo efectos al cabo de largo tiempo, cuando sirvió de inspiración a otro contraste, no menos corrosivo, entre el amor romántico y la institución del matrimonio en la Francia de Flaubert, por lo demás sometido a usos semejantes en el resto de Europa.

Desde cierto punto de vista y, en cualquier caso, desde un punto de vista tan legítimo como cualquier otro, la novela del siglo XIX puede entenderse como una exhaustiva prolongación de la empresa cervantina según la definió Flaubert, como una sistemática labor de desencantamiento, de revelación de la inestable tramoya que suele apuntalar la precariedad de los más grandes ideales y conceptos. Junto a ese puñado de obras excepcionales que, en la estela de *Madame Bovary*, abordan la insatisfacción de la mujer en el interior de unas convenciones matrimoniales asfixiantes, es posible advertir otro poderoso foco de interés entre los novelistas de la época, a juzgar por el número de obras que le dedican. El amor de clérigo, el amor que quebranta la bárbara aunque reverenciada institución del celibato, inspira toda una saga de novelas —entre las que *Tormento*, de Galdós, o una vez más, *La regenta*, de Clarín, merecen un lugar destacado— que parecen retomar los recursos con los que Flaubert aborda el amor adúltero y que no son, a fin de cuentas, más que una genial reapropiación de los utilizados por Cervantes. Quizá resulte desproporcionado suponer que la onda expansiva de la literatura, o mejor, de esta literatura que halla en Cervantes lo que, con toda seguridad, Cervantes rescataría de una tradición anterior, puede modificar el rumbo de la historia de las ideas. Pero lo que tampoco puede negarse es que esta literatura abogaba, en efecto, por reconocer «las imperfecciones de la vida», una de las condiciones imprescindibles para que, según Isaiah Berlin, las doctrinas fanáticas que vieron la luz en el siglo XIX desembocaran, contra todo pronóstico, en la conciencia de que tarde o temprano es preciso «preservar un equilibrio imperfecto en cuestiones humanas».

Pocos años antes de su muerte, Flaubert emprenderá los preparativos para redactar el que será su último y sugerente manuscrito, *Bouvard et Pécuchet*, en el que, de nuevo, parece volverse sobre la obra de Cervantes para prolongar su empresa de demolición. Autor ya maduro, novelista en pleno dominio de su arte, Flaubert prefiere ahora recoger otros cabos de los muchos que el *Quijote* tiende al lector, otros artificios no ensayados en *Madame Bovary*. La crítica advirtió desde muy pronto la estirpe cervantina de estos dos personajes ardorosamente persuadidos de que la ciencia conlleva la felicidad, de estos dos caballeros andantes del saber. Como Alonso Quijano, como Emma Bovary, la extravagante peripecia de Bouvard y Pécuchet resulta incomprensible sin el respaldo de una bien nutrida biblioteca, al punto de que la sucesión de aventuras caballerescas o amorosas se convierte aquí, en este sobrevenido testamento literario de Flaubert, en sucesión de estudios y experimentos invariablemente concluidos en fracaso, fiel también en esto al remoto modelo establecido por Cervantes. Pero a diferencia de *Madame Bovary*, a diferencia de ese texto en el que se contrapone con dramática circunspección, aunque no sin destellos de áspera ironía, la llamarada del amor romántico a la ingrata realidad del matrimonio, *Bouvard et Pécuchet* exhibe un tono paródico que remite, por directo, al que Cervantes emplea en el *Quijote* contra las novelas de caballería.

Por alguna extraña razón ha sido escasa, por no decir nula, la curiosidad por descubrir qué actitudes, qué géneros o qué obras caricaturiza la que sería la última gran novela de Flaubert. Como si se tratase de ese raro prodigio consistente en un texto sin contexto, *Bouvard et Pécuchet* parece haber quedado varada, desde el momento mismo de su publicación, en el vasto territorio de la excentricidad que algunos autores de genio suelen frecuentar al margen de sus obras más conocidas. Tal vez sea debido a que, entre 1850 y 1860, Flaubert expresa ya en su correspondencia el deseo de «emmerder l'humanité qui nous enmmerde», de reaccionar contra «la bêtise» de toda una época, y ese exasperado sentimiento se considera un estímulo suficiente para explicar la génesis de la novela. Acceder a la ingente documentación que requería la escritura de *Bouvard et Pécuchet* —vagamente concebida, en principio, como la historia de una pareja de copistas que se propone elaborar una enciclopedia de la estupidez— le tomó varios años, en los que leyó de manera más o menos sistemática tratados acerca de las más variadas disciplinas. Y aunque desde 1863 tiene trazado el plan de la novela, su efectiva redacción no comenzaría hasta el primero de agosto de 1874, según confiesa en una carta dirigida a Turgenev.

Por descontado, es posible imaginar que el proyecto fue madurando en el espíritu de Flaubert al margen de cualquier influencia exterior. Pero resulta de igual modo verosímil imaginar que, como *Madame Bovary* y, en general, como cualquier obra literaria de envergadura, *Bouvard et Pécuchet* se fue perfilando por interacción y por contraste con otras obras y con los diversos estímulos que alcanzaban a su autor. La fe obtusa en la ciencia, la convicción de que su extraordinario desarrollo auguraba épocas de necesaria felicidad, se fue apoderando poco a poco de las sociedades europeas, y encontró en las revistas, y sobre todo en las novelas de divulgación, un firme aliado. A la luz de esta evolución, que acabaría desembocando por uno de sus extremos en la empresa colonial y por el otro en la generalización de las políticas eugenésicas, antesala de las grandes matanzas perpetradas en el siglo XX, los personajes que Flaubert había concebido vagamente como una pareja de copistas resultan, de pronto, menos artificiales, menos criaturas de un delirio surgido de la nada. En realidad, el excéntrico proyecto de Bouvard y de Pécuchet consistía en hacer lo mismo, exactamente lo mismo, que decenas, tal vez centenares de redactores empleados en las revistas y enciclopedias populares que proliferaron en la época; lo mismo, exactamente lo mismo, que ese concurrido género de autores que, convencidos de instruir deleitando, se limitaban muchas veces a reproducir en forma de diálogo manuales enteros de geografía, física, química, zoología, botánica y, en fin, de las más diversas y abstrusas ramas del saber. En relación con ellos, con todos ellos, Bouvard y Pécuchet no fueron una fantasía extravagante; fueron una certera caricatura.

Si el testamento literario de Flaubert hubiera surtido unos efectos similares a los de *Madame Bovary*, si la prolongación de la empresa cervantina que lo inspira se hubiese comprendido cabalmente, tal vez la valoración de lo que en su día prosperó como literatura popular, y hoy como literatura para jóvenes, sería más atinada de lo que ha sido hasta el presente. En 1869, esto es, apenas cinco años antes de la publicación de *Bouvard et Pécuchet*, Julio Verne obtuvo uno de sus éxitos más resonantes con *Veinte mil leguas de viaje submarino*. Flaubert pudo o no conocer la obra, pudo o no estar al corriente del éxito que tributó a su autor. De lo que no cabe duda, sin embargo, es de que, tras la publicación de *Bouvard et Pécuchet*, pocos lectores estarán en condiciones de regresar a las páginas de Verne con la inocencia y la ingenuidad de la primera vez. Embebidos de la parodia, casi podría decirse que intoxicados por ella como Emma Bovary por las novelas de amor, les resultará difícil apartar de la mente la imagen de una esperpéntica granja en Normandía cada vez que se enfrenten a las descripciones admirativas del *Nautilus*, y apenas podrán contener la risa cuando, acordándose de los dos aplicados copistas de Flaubert, recorran las páginas de Verne en las que el capitán Nemo y el profesor Aronnax entablan sesudos diálogos acerca de las ciencias más diversas.

Quizá resulte, una vez más, desproporcionado suponer que la onda expansiva de la literatura, de esta literatura inspirada por la empresa cervantina, pueda modificar el rumbo de la historia de las ideas. Pero lo que tampoco puede negarse, como sucedía en el caso del *Quijote*, como sucedía en el de *Madame Bovary*, es que el desencanto de Bouvard y Pécuchet abogaba por «las imperfecciones de la vida». Después de arduas y extenuantes investigaciones, la única conclusión firme que lograron extraer es, según una de las primeras reseñas que aparecieron del libro, la de que «la verdad de hoy se convierte en error mañana, de que todo es precario, variable y contiene en proporciones desconocidas tanto de cierto como de falso». Lejos de resultar decepcionante, el hallazgo de Bouvard y Pécuchet constituye una de las condiciones imprescindibles para comprender, siempre en palabras de Berlin, que nuestra felicidad o nuestra infelicidad, individual o colectiva, es una responsabilidad que nos corresponde por entero, sin que podamos trasladarla «a algo objetivo», sean leyes de Dios, de la naturaleza, de la economía o del pasado. Precisamente lo que intentaron hacer con la ciencia tantos copistas como los de Flaubert que nunca, ni siquiera hoy, habrían dejado de tomarse en serio.

LA CABEZA PARLANTE

Jordi Soler

19/05/2005

Hay cabezas parlantes famosas, pero ninguna como la de Barcelona. Dicen que la de María Antonieta, aquella reina rolliza y frívola, articuló una filípica contra su verdugo segundos después de que la guillotina la hubiera separado de su cuerpo. Otra rareza semejante aparece en la cantiga 96 de Alfonso X el Sabio: la Virgen va caminando por un paisaje idílico cuando una cabeza sin cuerpo, amable y bastante tétrica, la interpela. Pero estas cabezas parlantes eran en realidad prófugas de su cuerpo, mientras que la de Barcelona había sido concebida así, como una pieza mágica que no sólo interpelaba y soltaba filípicas, también desentrañaba el pasado y predecía el futuro; era un oráculo al que se le consultaban cosas (todos los días excepto los viernes, que amanecía muda) que estaba en el salón de un palacete que, según los expertos, se encontraba en la calle Ample, o en la de Montcada o en el paseo del Born.

En una de estas tres calles estaba la cabeza parlante, que se parecía, por el servicio especializado que prestaba, a la piedra cantante de los indios clackama, una etnia triste y acorralada por la modernidad que tiene su base en Oklahoma, en Estados Unidos, y que trashuma desde hace décadas por todo el país en busca de esa piedra prodigiosa que les fue expropiada. La piedra cantante, que (literalmente) responde al nombre de Tomanowos, es un meteorito de 15 toneladas que, desde que cayó del espacio exterior, orientó a la tribu con sus respuestas y vaticinios en forma de canción. Muchas generaciones de clackamas consultaron a la piedra cantante hasta que, a principios del siglo pasado, un vaquero armado con camiones y poleas la hurtó del templo donde estaba y la metió en un *saloon* donde la clientela, que estaba ahí para beber y divertirse, le hacía preguntas impertinentes para que se pusiera a cantar mientras ellos bailaban y se solazaban alrededor de ella. Dice la leyenda, últimamente aupada por el líder clackama Ryan Heavy Head (Raymundo Cabeza Pesada), que el prestigio de la piedra creció durante décadas en el mundillo de los *saloon*, y que en los años sesenta la prestigiosa voz de la piedra prestó un servicio insólito: fue la voz de la cantante Liza Minnelli, que había llegado a una gala bebida, traspuesta y sin voz, y gracias a Tomanowos había podido salir a escena a hacer la mímica de la canción que en realidad cantaba la piedra tras bambalinas. Esto es lo que cuenta el líder Cabeza Pesada, no se sabe bien con qué objetivo. Liza es una maltratadora compulsiva de hombres, en los últimos tiempos ha golpeado a su ex marido con un jarrón en la cabeza, y a su chófer con una patada en la nuca y un rodillazo en el testuz, nada más porque el pobre hombre se negaba a practicar sexo con ella. Antes de pasar a la cabeza parlante de Barcelona, conviene hilar una reflexión a partir del cuerpo violento de Liza Minnelli: ¿qué da más miedo, una cabeza parlante sin cuerpo o un cuerpo serpenteante sin cabeza?

Pues al palacete de don Antonio, que estaba en Ample, o Montcada o el paseo del Born, llegó don Quijote y ahí le fue presentada la cabeza parlante de Barcelona: «Levantados los manteles y tomando don Antonio por la mano a don Quijote, se entró con él en un apartado aposento, en el cual no había otra cosa de adorno que una mesa, al parecer de jaspe, que sobre un pie de lo mismo se sostenía, sobre la cual estaba puesta, al modo de las cabezas de los emperadores romanos, de los pechos arriba, una que semejaba ser de bronce». El procedimiento, según explica don Antonio a don Quijote, era acercar la boca a la oreja de la cabeza, preguntarle algo y esperar la respuesta que saldría, con voz metalizada, por la boca del busto. Llegado el día de las preguntas, don Quijote, en su papel de preguntante, consulta una sola cosa a la cabeza y en cuanto obtiene su respuesta se queda satisfecho.

En la jerga de los medios de comunicación en inglés, una cabeza parlante (*talking head*) es la persona que da noticias por televisión; mirados con cierta perspectiva, esos bustos que hablan son la versión contemporánea de la cabeza parlante de don Antonio: una cabeza sin cuerpo que habla, metida en casa, con la enorme desventaja de que éstas improvisan sus oráculos sin que nadie les pregunte nada. Es probable que dé más miedo la cabeza parlante sin cuerpo, porque el cuerpo serpenteante sin cabeza dará hostias y mandobles como mucho.

Tomanowos, después de su exitosa incursión en la farándula, fue confiscada por el Gobierno debido a la iniciativa de agrupar todos los aerolitos en los museos de historia natural; así que los clackama, que desde hace 100 años no han podido preguntarle nada a su piedra que canta, se han encontrado en la necesidad de peregrinar de museo en museo y, una vez que se encuentran en la sala de materia espacial, el líder Heavy Head se acerca a los aerolitos y les habla con la esperanza de que su piedra fundacional diga esta boca es mía.

De la cabeza parlante de Barcelona, Cervantes revela que se trataba de un truco, de un *busilis* dice textualmente, que dentro había un «estudiante, agudo y discreto», que iba dando las respuestas. De todas formas, por si el *busilis* no hubiera sido tal, y con la idea de averiguar lo que ha sido de aquella famosa cabeza, no estará de más que cada vez que nos topemos con un busto de bronce, nos acerquemos disimuladamente y le preguntemos algo al oído, y después esperemos su sabia respuesta, con el alma en un hilo.

LA MORAL DEL FRACASO

Juan José Saer

21/05/2005

Resulta ya un lugar común reivindicar la modernidad del *Quijote*, aunque a menudo el término modernidad signifique en la pluma de muchos meramente «actualidad»: el repertorio de personajes, de situaciones y de problemas que el libro contiene sería válido en todo tiempo y lugar. Esta influencia pasiva petrifica a la vez al libro y a sus lectores. Si su problemática es «eterna», si el mito del *Quijote* condensa e irradia a través de los siglos y de las culturas un sentido transparente y siempre idéntico a sí mismo, resulta superfluo e incluso anacrónico exaltar su modernidad; en la esfera del mito, el tiempo no existe.

La modernidad de un texto se evidencia cuando, mucho tiempo después de su aparición, lectores sucesivos van descubriendo en él aspectos que justamente la omnipresencia estilizada del mito contribuía más a relegar en una discreta penumbra que a exhibir en un primer plano. La modernidad de un texto literario va desentrañándose de a poco, desenvolviéndose con parsimonia a lo largo de los siglos, en los que renovadas generaciones de lectores, cotejando el texto con su propia experiencia, lo descubren afín a ella. No lo leen como un mensaje misterioso llegado desde el fondo de los tiempos, sino como una letra viva y presente, en la que se proyectan sin esfuerzo, con una deliciosa familiaridad que se distingue de todo exotismo.

La eterna actualidad es, en cierto sentido, la razón de ser primera del mito. En cambio, pasada la exaltación del primer encuentro, la selva enmarañada del texto exige de quien se interna en ella una exploración más cuidadosa, una segunda reflexión que instituye su modernidad. Esa segunda reflexión, o lectura si se prefiere, termina por cambiar el texto original, el que escribió Cervantes en este caso a principios del siglo XVII, transformando su supuesta inmutabilidad mítica en una fuente inagotable de sugerencias que han inspirado mil caminos fecundos para el arte narrativo que, en 1605, el *Quijote* inaugura (plasmando desde luego varias líneas narrativas ya existentes en la literatura española, o de otros idiomas). Los que, un poco ingenuamente, se presentan cada año con presuntas revelaciones sobre el libro o sobre el autor, muchas de las cuales ya habían sido refutadas el año anterior, parecen ignorar que la novedad de un relato no reside en la historia que cuenta, ni en los elementos autobiográficos que fatalmente incorpora, sino en las estructuras narrativas mismas, que son las que aprehenden, y no los discursos o las declaraciones, el universo a partir del cual (y sobre el cual) el narrador escribe. Desbrozando poco a poco la complejidad narrativa del *Quijote*, sobre todo a partir del siglo XVIII, la historia del relato occidental ha ido estableciendo la modernidad sucesiva, podría decirse, de Cervantes.

En esa historia, son sobre todo los grandes renovadores los que la reivindican. En el siglo XVIII, por ejemplo, momento fecundo de la narrativa inglesa, dos narradores tan opuestos como Fielding y Sterne; para el primero es el modelo épico-cómico convencional lo que predomina, pero, en el caso de Sterne, es posible afirmar que, en la evolución de la narrativa europea *Tristram Shandy* es un jalón a partir del cual todas las pautas del relato han sido modificadas. La intriga perpetuamente diferida en el libro de Sterne proviene de las dilaciones constantes del *Quijote* entre aventura y aventura, y el tema mismo del libro, el nacimiento del héroe, pero la noche anterior a su advenimiento, asestan el golpe de gracia a la epopeya, moribunda justamente a causa del vapuleo escrupuloso administrado sin contemplaciones por el propio Cervantes.

A mediados del siglo XIX, dos estrictos contemporáneos, que escribieron al mismo tiempo, marcaron durante décadas la novela e incluso el pensamiento europeos: Flaubert y Dostoievski (dicho sea entre paréntesis, los dos tuvieron una influencia decisiva sobre Kafka, pero también sobre Thomas Mann, sobre Conrad, sobre Faulkner, y Flaubert particularmente, sobre Proust y Joyce; podría rastrearse en esa filiación la influencia del *Quijote* hasta mediados del siglo XX). Por extraño que parezca, dos concepciones tan opuestas del relato reivindican a la vez la influencia de Cervantes. Ciertos personajes dostoievskianos son de filiación quijotesca, como el príncipe Mishkin o Aliocha Karamasov (entre varios otros), y la *ardiente noche sevillana* en la leyenda del Gran Inquisidor despierta inmediatamente ecos cervantinos. De Flaubert podemos decir que escribió en cierta manera la tercera parte del *Quijote: Bouvard y Pécuchet.* Los dos copistas, físicamente contrastados como don Quijote y Sancho, deciden poner a prueba todo el saber humano, científico, técnico y filosófico, de la misma manera y con los mismos resultados que sus predecesores manchegos lo habían hecho con la hormigueante humanidad que cruzaban en ventas, en castillos, en montes o en caminos.

La influencia de Flaubert y de Dostoievski en la cultura europea en el último tercio del siglo XIX y el primero del XX es inmensa. En Kafka, por ejemplo, aunque se la conozca algunas décadas más tarde, sólo es comparable a la de Cervantes. Marthe Robert establece un paralelo convincente entre *El castillo* y *Don Quijote*. Pero, aparte de esa comparación sistemática, en los diarios de Kafka y en muchos de sus textos breves, la presencia explícita o implícita del *Quijote* es constante. Varios de los breves apólogos de *La muralla china* aluden a él, y aun cuando la glosa no es directa, como en *La partida* por ejemplo, sentimos de inmediato la intensa afinidad. La réplica que concluye el texto: *Mi meta es salir de aquí*, le va como un guante a Alonso Quijano, que está todo el tiempo dispuesto a lanzarse compulsivamente por los caminos, incluso después de haber padecido las peores adversidades.

Aunque para Joyce el héroe ideal es Ulises, cuando ante un interlocutor que tuvo la astucia de anotarlo, exaltó su superioridad ante otras figuras literarias, Hamlet y el Quijote aparecen en primer lugar, y sólo después cita a Fausto, Don Juan o Dante. Es de hacer notar que, en esa lista, únicamente don Quijote es un personaje estrictamente literario, la creación personal de un individuo, y no una figura mítica forjada por la imaginación popular a lo largo de los siglos. Pero es junto a esas figuras que Joyce lo coloca, como si don Quijote hubiese surgido, no de la pluma de un escritor, sino como Ulises, o Fausto o Hamlet, del fondo de la imaginación colectiva.

Los escritores de la generación perdida, Hemingway, Dos Passos, Caldwell, Steinbeck, admiraban por cierto a Cervantes, pero el más genial, William Faulkner, declaró una vez: «Leo el *Quijote* todos los años, como otros leen la Biblia. En cada uno de sus libros hay un Quijote; Byron Bunch en *Luz de agosto*, Horace Benbow en *Santuario*, el periodista flaquísimo de *Pylon*, que se asemeja al héroe de Cervantes incluso físicamente, Gavin Stevens en *Intruso en el polvo*, y así sucesivamente. Podríamos decir que la obra entera de Faulkner es una larga y fulgurante meditación sobre el tema cervantino del ideal y de su desastrosa puesta a prueba por la realidad.

Es posible entonces afirmarlo sin vacilar: a partir del siglo XVIII, en cada uno de los momentos renovadores e incluso artísticamente revolucionarios de la narrativa occidental, el *Quijote* fue redescubierto y releído. Tal es la prueba irrefutable de su modernidad, viviente y fecunda. Más que un icono o un talismán, el *Quijote* ha sido para esos grandes artistas un instrumento, en el sentido musical del término; pulsándolo con inteligencia y rigor, supieron encontrar en las infinitas cuerdas del texto los sonidos secretos que estaban esperando el momento adecuado para desplegarse. El *Quijote* no solamente inaugura una nueva materia narrativa, que siguen amasando sin cesar los narradores que lo sucedieron, sino también una serie de temas, que si bien no eran todos novedosos en el momento en que Cervantes los utilizó, sí lo eran para la forma narrativa en prosa: la progresión difícil del héroe, por ejemplo, que encuentra su plena expresión en la obra de Kafka, o la descripción de situaciones realistas que son transformadas por la imaginación del héroe en escenas fantásticas, como el capítulo de los molinos de viento, y prácticamente de cada una de las aventuras de don Quijote. Por primera vez, es la realidad inmediata el objetivo del relato, y no el mundo ideal lo que interesa al narrador.

Pero la gran conquista para la modernidad que aporta el *Quijote*, es *la moral del fracaso*. Alonso Quijano es el primero en la estirpe de los héroes novelescos que, sabiéndose condenados a la derrota, salen no obstante a medirse con el mundo. Esa mentalidad antiépica es el rasgo común a todos los personajes que cuentan en la novela moderna, desde Werther y Julian Sorel, pasando por Raskolnikov, Bouvard y Pécuchet, Lord Jim, Joe

Chritsmas, Brausen, Philip Marlowe, etcétera. Tan profunda es la huella que en ese sentido ha dejado el *Quijote* en nuestros siglos atormentados, que, salvo dos o tres casos especiales, toda excepción a las reglas de esa moral sonará siempre como un error de estilo o una vana superchería.

LA FALSA LOCURA DE ALONSO QUIJANO

José Saramago

22/05/2005

Démosle la vuelta a la medalla y veamos qué hay detrás.

Dice Cervantes, el famoso y nunca demasiado leído autor del *Quijote*, nada más empezar su cuento, que un cierto hidalgo de La Mancha, de nombre Alonso Quijano, hombre de escasos haberes pese a la relativa nobleza de su condición social, había perdido el juicio por efecto del mucho leer y mucho imaginar. Es cierto que las palabras que Cervantes escribió no fueron exactamente ésas, pero unas y otras, como se verá a continuación, acaban en el mismo punto. De hecho, entre el poco dormir y el mucho leer, razón por la que a Quijano se le secó el cerebro, según el autor, y el mucho leer y mucho imaginar, la diferencia no es grande. Quien lee, imagina, y si por mucho leer, duerme poco, parece evidente que tendrá tiempo para imaginar más. Verdaderamente, no creo que conste en los archivos psiquiátricos ningún caso de alguien que se haya vuelto loco por haber leído, aunque mucho, y por haber imaginado, aunque en exceso. Muy al contrario, leer e imaginar son dos de las tres puertas principales (la curiosidad es la tercera) por donde se accede al conocimiento de las cosas. Sin antes haber abierto de par en par las puertas de la imaginación, de la curiosidad y de la lectura (no olvidemos que quien dice lectura dice estudio), no se va muy lejos en la comprensión del mundo y de uno mismo.

Cuando Cervantes afirma tan perentoriamente que Alonso Quijano perdió la razón (así está escrito con todas las letras, no se puede ni negar ni arrancar la página reveladora), está diciendo que don Quijote de La Mancha, en resumidas cuentas, no es nada más que el loco de Quijano y, por tanto, sin la locura del insignificante hidalgo rural nunca habría existido el caballero andante. Pregunta la inquieta curiosidad: «¿Podría Cervantes haber hecho vivir al sobrio y pacífico Alonso Quijano las atribuladas aventuras que le esperan al justiciero don Quijote?». La respuesta sólo puede ser ésta: «Sí y no». «Sí», porque, obviamente, tal decisión sería la consecuencia lógica y natural de la libertad que asiste a cualquier autor para hacer con sus personajes lo que mejor entienda, pero, al mismo tiempo, tendrá que ser «no», ya que los contemporáneos de Cervantes se negarían a admitir, con toda probabilidad, que alguien en su sano juicio anduviera en asuntos de caballerías por esos mundos de Dios y en esos tiempos, dando y recibiendo lanzadas a cada paso (para su infortunio, más recibiendo que dando), haciendo oídos sordos a la sabia prudencia de los consejos de Sancho Panza, su fiel escudero y, como se verá al final del cuento, su único y verdadero amigo. No creo que sea demasiado atrevimiento imaginar a Cervantes sin saber cómo empezar la increíble historia que quería contar, dándole vueltas en la cabeza y llegando por fin a la conclusión de que sólo existía una manera, una sola, de persuadir a los futuros lectores para que acaben aceptando sin exigencias ni desconfianzas los comportamientos delirantes de Quijote, y esa única manera era enloquecer a Quijano. Incluso es posible, si se me permite esta hipótesis adicional, que la obra no hubiera llegado a existir sin la hábil estrategia narrativa de Cervantes, que, al acomodarse a los preconceptos y a las supersticiones de su época, pudo luego extraerles todo el jugo y todo el provecho.

Hay, sin embargo, quien ose defender que Alonso Quijano no se volvió loco. Es cierto que muchos de sus actos nos parecen, a la luz de la simple racionalidad, auténticos dislates, como el risible episodio que siempre nos viene a la memoria, aquel en que don Quijote se precipita lanza en ristre contra los treinta o cuarenta molinos que laboraban en el Campo de Montiel, creyendo, o haciéndole creer a Sancho, que se trataba de una caterva de malvados gigantes con brazos de dos leguas. Se puede preguntar: «¿Alguna vez se ha visto mayor demostración de locura, un hombre queriendo pelear con molinos de viento jurando que son gigantes?». Realmente, no hay noticia en la historia de la andante caballería de desvarío semejante, siempre, claro está, que nos limitemos a tomar el episodio al pie de la letra, como parece que era el malicioso deseo de Cervantes. Pero imaginemos durante un momento, al menos durante un momento, que don Quijote no está loco, que simplemente finge una locura. De ser así, no tuvo otro remedio que obligarse a cometer las acciones más disparatadas que le pasasen por la mente para que los demás no alimentaran ninguna duda acerca de su estado de alienación mental. Sólo fingiéndose loco podría haber atacado a los molinos, sólo atacando a los molinos podría esperar que el resto de la gente lo considerara loco. Ahora bien, de acuerdo con este modo de ver, bastante discordante con las ideas generalmente recibidas, fue en virtud de esa genial simulación de Cervantes como el bueno de Alonso Quijano, convertido en don Quijote, consiguió abrir la cuarta puerta, la que todavía le estaba faltando, la puerta de la libertad. La curiosidad lo empujó a leer, la lectura le hizo imaginar, y ahora, libre de las ataduras de la costumbre y de la rutina, ya puede recorrer los caminos del mundo, comenzando por estas planicies de La Mancha, porque la aventura, bueno es que se sepa, no elige lugares ni tiempos, por más prosaicos y banales que sean o parezcan. Aventura que en este caso de don Quijote no es sólo de la acción, sino también, y principalmente, de la palabra. Aun cuando sus larguísimos discursos se nos antojen absurdos, incoherentes, despropositados, quién sabe si colocados ahí por Cervantes para reforzar en el espíritu del lector la convicción de que don Quijote está loco perdido, aun éstos acabarán presentándose como obras maestras de la buena razón y del buen sentido, la más fina retórica discurriendo en el más expresivo de los lenguajes, una dialéctica que el propio Sócrates no desdeñaría, un esplendor de vocabulario que Shakespeare (que moriría el mismo día que Cervantes, el 23 de abril de 1616) tal vez hubiera envidiado.

Admitido que Alonso Quijano fingió estar loco, habrá que responder ahora a dos preguntas inevitables: «¿Por qué y para qué una sustitución de identidad que sólo le iba a acarrear malos pasos, escarnio, ridículo, desastres, humillaciones?». Muchos años después de que don Quijote hubiera perdido la batalla contra los molinos de Montiel, pasado a espada unos cuantos odres de vino, de que hubiera bajado a la cueva de Montesinos y perseguido el sueño de una improbable Dulcinea, un poeta francés llamado Arthur Rimbaud escribió estas palabras tan alborozadoras como la lectura de todos los libros de caballería juntos: *La vraie vie est ailleurs*, es decir, la vida auténtica está por ahí, en otro lugar, no aquí. Lo que el genio de Rimbaud proclamó, que la auténtica vida no es ésta, sino otra, aunque no se sepa ni dónde está ni cómo llegar, ya la pequeñez provinciana del hidalgo manchego lo había intuido. Sin embargo, Alonso Quijano fue más lejos que Rimbaud en esa comprensión, a él no le bastaba con ir en búsqueda de otros lugares donde quizá le estuviera esperando la vida auténtica, era necesario que se convirtiera en otra persona, que, al ser él mismo otro, fuese también otro el mundo, que las posadas se transformaran en castillos, que los rebaños le aparecieran como ejércitos, que las oscuras aldonzas fuesen luminosas dulcineas, que, en fin, mudado el nombre de todos los seres y cosas, sobrepuesta la realidad del sueño y del deseo a las evidencias de un cotidiano aburrido, pudiese devolver a la tierra la primera y más inocente de sus alboradas. A Alonso Quijano no le bastaría decir como Rimbaud: *La vraie vie est ailleurs*. Sí, la vida auténtica estará en otro lugar, pero no sólo la vida, también está en otro lugar mi yo verdadero, o, como el poeta pudiera haber dicho, aunque no lo dijo, *Le vrai moi est ailleurs.* Y fue así como Alonso Quijano, montado en su esquelética cabalgadura, grotescamente armado, comenzó a caminar, ya otro, y, por tanto, en busca de sí mismo. Al otro lado del horizonte le esperaba don Quijote.

Traducción de Pilar del Río

QUIJOTES

Arcadi Espada

23/05/2005

—¿No oye vuestra merced el viento, cómo silba ya en catalán?

Vuestra merced era don Quijote resucitado. Y el temperamento poético, el del marqués de Portago. En cuanto al año, era el de 1905, tercer centenario. Una multitud —discreta— esperaba al héroe en el apeadero del paseo de Gracia. Volvía a Barcelona en tren expreso. Días antes se había enfrentado con él en desigual combate. «Acerado caballo», le llamó, antes de saltarle el ojo de un farol. No había sido su único encuentro con las máquinas. Nada más resucitar le dijo a un honrado recaudador, después de aliviarle de su bolsa:

—Monta otra vez en tu corcel de alambre.

Don Quijote venía de Madrid. Solo. Su escudero se había quedado en la capital, presidiendo el Consejo de Ministros. Fue una breva que le cayó. En Barcelona, don Quijote iba a protagonizar hazañas sinnúmero. Desconcertantes: cómo la de ir al cine y verse en la pantalla. Una de las más bellas ocurriría en la sesión extraordinaria convocada por el Fomento del Trabajo Nacional. Los fabricantes señores Sedó, Bertrán, Batlló, Sert y Noguera analizaban con aire patético la crisis. Y razonaban sobre la inexorabilidad del despido del obrero cuando el trabajo escasea. Entonces se levantó don Quijote y preguntó:

—Pero, ¿qué come el proletariado cuando no se trabaja?

—Hijo, eso no podemos remediarlo —respondieron a coro los fabricantes.

Bastó ese *hijo* llorón para que el héroe les endilgara un discurso supremo, donde el Trabajo eran las Armas y el Capital, las Letras. Que culminó: «Y en verdad la razón asiste al Trabajo, por cuanto a él y sólo a él le bastan los naturales dones de la Tierra común para la vida, cosa imposible en el Capital, con todo y su inmensísimo poder». Estas palabras causaron tan honda mella en todos que el señor Ferrer Vidal, presidente, hubo de expulsarlo de inmediato. Ya en la calle, en la plaza de Santa Ana, concretamente, y rodeado de obreros y cabreros que le aclamaban, el héroe de las muchedumbres les arengaba melancólico: «Dichosa edad y siglos dichosos aquellos a quien los antiguos pusieron nombre de dorados...». Cuando acabó, los obreros clamaron ¡Viva la Revolución Social! y ¡Viva don Quijote!

La resurrección acabaría en el Pi de les Tres Branques. Ya llevaba el corazón tocado por múltiples pinchazos. Lo cierto es que el viaje hasta Berga no fue el mejor de sus dos vidas. Cabe decir, incluso, que se sintió postergado. Todo el mundo parecía preferir la exhibición y la adhesión catalanista. Hasta tal punto llegó a sentirse desplazado que grabó en su escudo cuatro barras de sangre de un pollo que el señor Pagés, de *La Veu de Catalunya*, había acabado de matar. Por un momento el caballero se sintió mejor y más querido. Pero la desmoralización no tardó en regresar. Lo primero fue descubrir que estaba, sobre todo, entre curas. «Esto lo vio gracias a su altura, ya que cuando se cantó *Els segadors* se descubrieron los oyentes y aparecieron de cara al sol la mar de coronillas». Otro factor fue el discurso del señor Martí y Juliá, que habló «del deslliurament, del jou etern, de l'expandiment» de las ideas y del género chico, y dijo: «Los catalanes són els bons, els honrats i els macos». Y más hubiera dicho si don Quijote no hubiese caído entonces fatal, herido y moribundo, en los brazos del conde de Güell.

El héroe murió de nuevo, sin sacramentos. La circunstancia hizo desaparecer muy deprisa a los curas y cardenales reunidos. Destacó Casañas en la huida. Con los curas se fueron todos y al pie del pino quedó tendido el caballero, y allí pasó la noche. «Dos humildes hijos del trabajo cavaron la fosa». Al parecer, la hora coincidió con el telegrama que Sancho Panza remitió a su amo y que decía: «Este país es ingobernable. Los insulares acabarán por comerse hasta el oso del escudo. Salgo para ésa».

Así acaba la novela corta *La resurrección de don Quijote (Nuevas y jamás oídas aventuras de tan ingenioso hidalgo)* que el P. Valbuena (seudónimo) dio a la imprenta de Antonio López en 1905. Ahora la reedita *La Tempestad*, y hace muy bien. Se trata de una curiosa y, por momentos, fina astracanada que cabe situar en las celebraciones más o menos irónicas con que se resolvió en Cataluña el Tercer Centenario del Quijote. El Quijote resucita. Es relativamente sorprendente, pero según se deduce de lo que explica Carme Riera en *El Quijote desde el nacionalismo catalán* la resurrección del héroe es un *topos* de las publicaciones de la época. La cuestión es quién fue el llamado Padre Valbuena. Riera lo identifica con Josep Burgas, poeta y autor de comedias. Pero Joaquim Auladell, autor del prólogo a la reedición, duda de tal autoría. Y es una duda razonable: Burgas parece demasiado lírico y demasiado catalanista para haber escrito este libro, cuya visión del mundo y del héroe cuadra más bien con la de un republicano liberal, algo (lo justo) comecuras y bastante reticente ante la sentimentalidad catalanesca. Auladell tiene un candidato, aunque no lo cite en el prólogo.

—Joaquim Penina, un abogado de Berga, republicano, krausista, que había dirigido una revista llamada *El Bergadán.* Pero estoy investigándolo todavía.

Penina. Hay un estudio de Josep Noguera Casal sobre él y su revista. Emerge un personaje interesante. Tal vez con los pies a ambos lados de la calle. Un abogado de buena familia, medio oveja negra, fascinado por la Revolución y la Justicia. Capaz de hablar a los ricos del Fomento y a los pobres de la calle con la misma lengua que don Quijote. Es posible. Cuadra el abogado radical con este divertimento de intención fraterna. Hay noticia, sin embargo, de otro Joaquim Penina. Lo encontré al principio de la tarde y me confundió durante un buen rato. Se llamaban igual y habían nacido en la misma comarca. Ahora lo encaro con el abogado. Uno es una oveja negra y el otro un pobre de la calle. Uno pudo escribir *La resurrección del Quijote.* El otro escribía panfletos anarquistas. Hasta que lo fusilaron en las barrancas del Saladillo de la argentina ciudad de Rosario. Como sólo vivió 29 años quizá quepa su vida en otra crónica.

CERVANTES EN LETRA VIVA

Juan Goytisolo

09/07/2005

[illegible]

[illegible] Cervantes [illegible] de Francisco Márquez Villanueva, [illegible] ado por [illegible]

[illegible]

Con la avalancha de celebraciones del Cuarto Centenario de la primera parte del *Quijote* y la farándula mediática que las acompaña, corremos el riesgo de pasar por alto una de las contribuciones más esclarecedoras de la vida y la obra de nuestro primer escritor, objeto, hoy como ayer, de toda clase de hipótesis de escaso asiento y de manipulaciones interesadas para mayor gloria oficial de una España que se mostró con él en vida singularmente tacaña y olvidadiza. Me refiero al conjunto de ensayos titulado *Cervantes en letra viva* de Francisco Márquez Villanueva, editado por Reverso.

No digo con eso que su autor nos descubra algo nuevo: la documentación cervantina, si no agotada, revela un paulatino estiaje. Pero la ordenación de los datos y la lógica que extrae de ellos confieren a la obra una estimulante novedad. La conjunción feliz de una reflexión crítica rara en nuestros pagos con una erudición exhaustiva, si bien nunca pedante, fragua en unas analectas armónicamente dispuestas que se complementan y se traban al hilo de la lectura.

Como escribe Márquez Villanueva en su introducción al libro, «la labor de investigación así entendida tiene también su belleza como construcción intelectual y búsqueda de un lenguaje propio, es decir, un goce creador que el artífice se esfuerza por compartir tanto con especialistas como con cualquier persona culta». Nunca mejor dicho: Márquez Villanueva articula con rigor sus conocimientos con unas «redes de significación» que configuran una sutil tela de araña que aúna la precisión en el manejo de los datos y una independencia analítica ajena a todo apriorismo ideológico y estrategia ocultativa.

Tras un juicioso examen de la atmósfera intelectualmente opresiva en la que se desenvolvió la creación cervantina en las últimas décadas del siglo XVI, en la que «la estrechez neo aristotélica y estrechez tridentina se reforzaban como ambas caras de una misma ortodoxia, a la vez estética y religiosa», el autor documenta y razona el creciente desafecto de Cervantes por el clasicismo manierista —menos clásico, diría yo, que *clasicón*— de los discípulos españoles de Ariosto y Tasso, así como su cauta y paulatina apertura a la *terra incognita* de unos personajes «transitivos», lejos de todo dogmatismo y camisa de fuerza doctrinal. La falta de mecenazgo a la italiana y el desinterés del público por su obra teatral, debido en gran parte al monopolio caciquil de Lope de Vega, le vedaron el acceso al Parnaso académico y al éxito popular de los corrales, pero sirvieron de acicate a su busca de caminos nuevos hacia lo que hoy entendemos por modernidad literaria y su compleja estratigrafía.

Aunque se autocalificara con sorna de «poetón ya viejo» y mencionara en el prólogo de la primera parte del *Quijote* los largos años en los que dormía «en el silencio del olvido», Cervantes vivió en el umbral de la vejez un admirable rejuvenecimiento creativo; lozaneó año tras año y, cediendo a los mediocres y paniaguados el centro del escenario —pues existe en España, nos recuerda Márquez Villanueva, «una perversa inclinación por los malos poetas»—, se refugió sin acrimonia alguna en la soledad del anonimato, con una fe en sí mismo y en su inventiva tan conmovedora como ejemplar. «En lugar de desposarse con los cambios y novedades que vio desfilar ante sí», escribe, «Cervantes prefirió ahondar, solitario, en sus propios y firmes cimientos». No le importaba tener discípulos, como Lope, sino buscarse ancestros: lector voraz de cuanto hallaba impreso, caló tanto en la preceptiva clásica (para guardar las necesarias distancias) como en los distintos códigos y modelos narrativos de la época, ya para parodiarlos (novela de caballería, pastoril, bizantina), ya para tomar de ellos cuanto convenía a su genio (Juan Huarte de San Juan, *Tirant lo Blanc*, la picaresca). La percepción de las limitaciones de esta última, tras su atenta y provechosa lectura de *Guzmán de Alfarache*, fue quizá decisiva en la elaboración de la novela que hoy conmemoramos, y es de lamentar que el ensayo *La interacción Alemán-Cervantes*, leído por Márquez Villanueva en el coloquio internacional de cervantistas de Alcalá de Henares en 1989 e incluido luego en *Trabajos y días cervantistas*, no esté a disposición de un público más amplio en este año de tantos gallipavos estridentes y de festividades hueras. El paralelo que traza entre el autor del *Guzmán* y el galeote-escritor Ginés de Pasamonte del capítulo XXII de la primera parte del *Quijote* es a la vez sugestivo y convincente. Sin el aguijón de la novela de Alemán, el *Quijote* sería muy distinto al que conocemos. Pese a la infame campaña de acoso al sevillano, tildado de judío y sodomita por Quevedo y López de Úbeda —campaña que le obligó a donar la totalidad de sus bienes y derechos a un influyente eclesiástico para embarcarse con licencia para la Nueva España y salvar el pellejo—, Cervantes no duda en evocarlo con implícito reconocimiento en *Viaje del Parnaso*, cerrando así con elegancia el capítulo de la rivalidad un tanto áspera que aflora en las páginas de *El coloquio de los perros*.

Liberado de toda receta por prescripción literaria o artística, Cervantes se afianza en el terreno abonado por su experiencia y lecturas. «Perro viejo de la literatura», como le llamó Márquez Villanueva en *Trabajos y días cervantinos*, alquitaró la pobreza y marginación de sus años oscuros en Sevilla y Valladolid, en la intensidad de una obra concebida como apuesta por una forma de narrar abierta a la hibridez y al cambio, destinada a trazar una nueva cartografía del género:

«El *Quijote* es comparable al muro de contención de una presa que acumula tras sí la inmensidad de toda la literatura anterior y a partir de la cual emerge en avalancha el río de la novela».

Así es en efecto, y el desdén de muchos quijotistas por el autor y las sandeces de lo de «ingenio lego» caen por su propio peso en cuanto examinamos la obra cervantina como una totalidad en la que cada una de las partes se ajusta a las demás para componer un tapiz de distintos colores pero cuya unidad percibimos claramente con la perspectiva del tiempo. Algunos de los ensayos del libro engarzan con los estudios precursores de la primera mitad del pasado siglo, estudios centrados en la innovadora textura y armazón de la novela, en esa modernidad atemporal suya que llega hasta nosotros sin arruga alguna: *La invención del Quijote*, de Manuel Azaña, y *La estructura del Quijote* y *La palabra escrita y el Quijote*, de Américo Castro. La pobreza de la crítica literaria en España y de la reflexión creadora de nuestros novelistas hasta bien entrado el siglo, explica que el influjo seminal de Cervantes se manifestara primero en Europa y luego en Iberoamérica antes de arraigar en la dura corteza de la Península. Por fortuna, las cosas han cambiado, y es posible rescatar ya al autor de *Los baños de Argel* de su largo y cruel cautiverio en manos de los teorizadores del «alma de España» y del gremio camorrista y puntilloso de sus «especialistas».

El que el linaje de Cervantes sea a estas alturas objeto de controversia y torpes ocultaciones debería ser motivo de reflexión, cuando no de perplejidad sin posible guía. Que descendiera o no de conversos ¿quita o añade algo al valor de su creación literaria? Cervantes era hijo de sus obras y no de esos cuatro dedos de cristiano viejo rancioso por los cuatro costados de su linaje de los que se enorgullecía el bueno de Sancho. Con todo, la convergencia de datos bien documentados —ascendencia familiar, falsificación de firma y probanza, rechazo abrupto a sus pretensiones a un cargo en Indias, imposibilidad de conseguir un matrimonio honorable para las mujeres de su entorno más próximo— desarbola los argumentos de los abanderados del patriotismo de sangre. Como dice el autor del libro que comentamos:

«Si cada uno de los indicios no pasan aisladamente de ser tales, no es menos cierto que, tomados en conjunto, suponen como mínimo una probabilidad bien fundada. Digamos, para entendernos con pocas palabras, que en vista de dicho cuadro y sin ningún prejuicio a favor ni en contra, sería mucho más difícil que Cervantes fuera cristiano viejo que no lo contrario. Y sin embargo, el juicio de la crítica se ha inclinado más bien del lado adverso».

Si a ello añadimos los numerosos guiños del autor al discreto lector y los dardos lanzados contra quienes esgrimían su quimérica «limpieza» como valor supremo y vituperaban a los de «sangre manchada», no podemos sino dar razón a Américo Castro cuando aborda valientemente el tema en *Cervantes y los casticismos españoles*, sabiendo de antemano el coro de agravios que se le venía encima.

En una buena parte del mundo oficial y académico persiste en efecto un embarazoso silencio tocante a una doctrina y práctica inquisitoriales que contradicen no obstante la ortodoxia católica respecto a la gracia universal del bautismo. Esa interiorización del prejuicio racista cuatro siglos y pico después de la promulgación del Estatuto del arzobispo Silíceo, revela el increíble arraigo de una doctrina que, reelaborada a lo largo del siglo XIX en Francia y Alemania, sirvió de base a la barbarie nazi. La resistencia a admitir los orígenes conversos de Cervantes es tanto más absurda cuanto no podemos hallar en nuestro autor la menor vislumbre de marranismo. Cervantes desconocía el hebreo, el Talmud y la tradición religiosa de sus antepasados, y no fue ese criptojudío o profeta de Israel sobre el que elucubró Dominique Aubier en sus ensoñaciones esotéricas de Almería. Los excelentes estudios de Domínguez Ortiz y Albert Sicroff ponen las cosas en su debido sitio y ridiculizan las estocadas de algunos espadachines de oficio contra inexistentes fantasmas.

Como nos muestra el retrato de la gitanilla Preciosa, del morisco Ricote o del renegado Uchalí, Cervantes se esforzó en rescatar la complejidad del ser humano, con todas sus contradicciones a cuestas, y en evitar simplificaciones genéricas, nacionales o religiosas, de consecuencias mortíferas. Sin desdecirse de su fe cristiana de honda raigambre erasmista, se desmarcó del casticismo facilón de Lope y del españoleo ardoroso de Quevedo. Sin gesticulación patriotera alguna, él, el malherido en Lepanto, captó como pocos la ya inevitable decadencia de España y supo extraer de ella una sabia y humilde lección de ironía.

Los estudios de Márquez Villanueva sobre «La picaresca, Cervantes y *Moll Flanders*» y el «disparatario nabokoviano» no tienen desperdicio. El análisis de la novela de Daniel Defoe, buen conocedor de los modelos contrapuestos de Alemán y Cervantes, confirma el poderoso influjo de nuestra literatura en la gran narrativa inglesa de la siguiente centuria. Defoe, como Sterne, bebió fructuosamente de las fuentes cervantinas y se desprendió de la agotada perspectiva del narrador y el personaje «fiables». Una vez en franquía, emprendieron el libre rumbo de una navegación que cruzaría no sólo el canal de la Mancha sino también el océano, para transportar al otro hemisferio la semilla de una novelización integral del autor y sus criaturas. En cuanto a la «fechoría» de Nabokov, no se anda con rodeos: sus lecciones universitarias, escribe, son «un pestífero revoltillo de errores, bien sazonados de *mépris culturel* y algunas sobras de la leyenda negra». Quedémonos pues con *Lolita* y lamentemos que el novelista careciera de la sagacidad de Thomas Mann o de la genialidad de Kafka en su estupenda percepción de Sancho.

Nada mejor para celebrar sin fanfarria el Cuarto Centenario del *Quijote*, que demorarse en las páginas de este *Cervantes en letra viva* publicado por un pequeño editor sin patronazgo oficial alguno.

(Artículo aparecido en El País*)*

QUIJOTES

Luis García Montero

16/07/2005

La celebración del cuarto centenario de la publicación de *El ingenioso hidalgo don Quijote de la Mancha* está sirviendo para estudiar con detalle y festejar con liberalidad la memoria de Miguel de Cervantes y la de su héroe. Extraordinaria atención merece lo que es extraordinario. Don Quijote cabalga de nuevo por las mesas de los políticos, los pupitres de las universidades, las salas de las instituciones culturales y las bocas y los ojos de las gentes, que aprovechan la ocasión para volver al libro clásico, orgullo de una cultura colectiva y placer de los lectores solitarios.

En Granada, por ejemplo, el Festival Internacional de Música y Danza, que ha vivido este año un éxito muy notable, no se olvidó en su programación de las andanzas del más melancólico y triste de los caballeros. Y el Centro Mediterráneo de la Universidad celebra la semana que entra, en Almuñécar, el curso *Don Quijote: una aproximación interdisciplinar*, dirigido por el profesor Emilio Blanco. Además de una investigación filológica, se pretende una reflexión abierta sobre la novela de Cervantes en la configuración del mundo moderno, desde la política y la economía hasta las artes y las ciencias. Nada más cervantino, por la condición curiosa y humanista del autor y por la tradición de ensayos, miradas históricas e interpretaciones que ha ido provocando su obra según se sucedían la vida española y los sueños del mundo.

La voluntad ideológica de la novela invita sin duda a un ejercicio de interpretación, que no sólo es conocimiento del pasado, sino vigilancia y sabiduría del presente. Pese a la lectura romántica, Cervantes no inventó la figura de un héroe soñador que se estrellaba por nobleza contra la realidad mezquina. Su ficción está protagonizada por un loco que, al sentirse libre para escoger su vida, decide vivir según una verdad de otro, según la moral de unos libros de caballería escritos con anterioridad a su propio nacimiento. Como destacó Francisco Ayala, la invención del Quijote sirvió para formular una crítica a la España acartonada de la Contrarreforma, que se empeñó en mantener un ideario medieval sobre la realidad del mundo moderno.

Lo más grave es que la crítica de Cervantes sigue viva en una actualidad que se caracteriza por el atrincheramiento del cinismo democrático y por el regreso de la irracionalidad. Los terroristas y nuestros líderes no son peligrosos porque sean malos o locos, sino porque son reales y obedecen a libros escritos al margen de la experiencia de la realidad. Unos terroristas islámicos, ciudadanos británicos fundamentalistas, no dudan en provocar una matanza en Londres, invocando las verdades de su libro sagrado. Tony Blair, por su parte, afirma solemnemente que no nos harán cambiar de modelo de vida. Ha mentido, ha liderado una guerra en Irak, es responsable de muchos miles de muertos que ha generado su mentira, y no piensa cambiar de vida. Tal vez se crea democrático por vivir en un mundo occidental con constituciones democráticas. Una constitución es una necesaria apuesta colectiva por una vida más justa, pero se convierte en una coartada cínica cuando sirve para cerrar los ojos a la realidad. Nuestras constituciones y nuestras cartas de derechos humanos se parecen cada vez más a los libros de caballería de don Quijote.

LAS RAZONES DE LA SINRAZÓN

Luciano G. Egido

20/07/2005

Debo recordar que toda obra literaria es histórica y autobiográfica al mismo tiempo. Los libros son fruto de su autor y de su época, se insertan en una tradición y obedecen a los requerimientos de cada situación concreta del autor y de sus circunstancias, en la doble perspectiva de responder a los estímulos del momento literario y del momento histórico. Cervantes en esto no es una excepción. Nada nace de la nada y todo tiene una larga gestación, ajena a la voluntad de los creadores y previa al proceso de sus obras. Por supuesto que la autobiografía es algo mucho más profundo que el reflejo del anecdotario individual y que el contenido de la memoria biográfica. Porque el lenguaje es la versión de nuestra vida en palabras. Lo que se entiende mejor retomando la idea original de Lacan de que nuestro yo está hecho de palabras.

Que don Quijote está hecho de palabras no hay que demostrarlo. Su problema es que cree demasiado en las palabras, hasta rebosar de palabras, sacadas de los libros e incorporadas a su vida, con más fuerza que la cosecha de su experiencia inmediata, sin poder olvidarla, sin embargo. Que Cervantes está hecho de palabras tampoco necesita ninguna explicación, siendo un escritor. «Don Quijote», más allá del asombro y de la admiración, está escrito por un hombre que, antes de ponerse a escribir, ya viejo, aquel libro, había ido madurando en su inconsciente entre dudas, imaginaciones, desalientos, gozos y certezas un texto, no racionalizado por la necesidad de la escritura, que estaría inevitablemente habitado por su propia persona y que sería el resultado de una enorme cantidad de afluencias externas involuntarias, a la vez culturales y vitales.

Cuando Cervantes se pone a escribir su libro, ni España ni Europa, ni, naturalmente, él mismo eran lo que habían sido. Se había pasado del optimismo cenital del gran siglo imperial de Carlos I y Felipe II a los primeros síntomas de la decepción en tiempos de Felipe III. Y los signos parejos a este proceso son vividos por Cervantes como la propia herida del paso de los años. Podemos comparar la literatura de Fray Luis de León, de Antonio de Guevara o de Fray Luis de Granada, por un lado, con la de Quevedo, por el otro, como los casos extremos de esta transformación. Pero en Europa, la decepción renacentista está sumando otra decepción a las esperanzas renacentistas. Descartes, como un símbolo, que se alimentó en su juventud de la ontología metafísica del Padre Suárez, cerró la herencia del pasado, para inaugurar la mirada de la modernidad.

La casualidad y la fortuna fraguaron las circunstancias desde las que Cervantes escribió su libro. El joven, ávido de cultura, apasionado, casi aventurero, soñador y autor incipiente, había pasado a ser un hombre viejo acorralado, con los sueños cortados, incluido el de la gloria literaria, conocedor de cárceles y desdenes sociales, pobre y con un fardo de fracasos y de incomprensiones a la espalda. Podemos pensar que todo esto, lo histórico y lo personal, está presente en la gestación subliminal del *Quijote*, de tal manera que podemos leer el *Quijote*, generalizando mucho, como la crónica de una experiencia histórica y cultural. Pero Cervantes no es un cronista, porque tiene el despego suficiente para distanciarse de los datos de su experiencia inmediata y reflexionar sobre ellos. Porque, por así decirlo, Cervantes mantiene la mirada virgen de su juventud, las creencias intactas de sus primeros años, de sus lecturas iniciales.

Vapuleado, marginado, ninguneado, encarcelado, humillado y ridiculizado, algo en él sigue fiel al joven que fue. No se da por vencido y se refugia en la literatura, que era lo mejor que sabía hacer. No es una tabla de salvación, sino su manera de ser hombre, de adquirir el ser que le faltaba, que le hacía aguas por todas partes. Es un milagro de resistencia y de lucidez. Hace suyos los desastres de su país, la crisis de la conciencia histórica de su tiempo, el desgaste de los valores que tanto le costó adquirir durante los años de su formación. Carga con todas las decepciones renacentistas y la lectura de su libro nos permite hacer el recuento de sus lamentos por la pérdida de todas las seguridades que le mantuvieron a lo largo de su vida, frente a las que reacciona con una ironía que nunca se había permitido. Cervantes sabe que su mundo se ha terminado, que la cultura del Renacimiento era mentira, que ha sido engañado. El desencanto barroco se anuncia en él, nace con él. Pero está muy lejos de Quevedo, que no cree en nada. Cervantes cree descreyendo, que es el no va más de la inteligencia. Éste es el punto de partida de su originalidad.

Está lejos de Fray Luis de León; pero quiere salvar sus palabras, quiere salvar los libros, incluidos los de caballerías. Tiene las armas para destruirlos, pero no se atreve a utilizarlas. Si quisiera, pudiera haber sido un Quevedo, un violento iconoclasta, un huracán destructivo, una hoguera de palabras, sacrificadas a la nada. A veces sus párrafos sólo necesitan un retoque, un adjetivo, un adverbio para hermanarse con la prosa gélida de Quevedo. A veces raya la coprología quevedesca, pero se detiene a tiempo. Probablemente lo que representa Quevedo sería la mala tentación de las horas bajas de Cervantes, que sabe que la abrasión de aquél tiene sus razones, pero se resiste a ponerla en práctica, a aceptarla. Lo que le caracteriza frente a él es que prefiere la razón de la sinrazón a la razón de su pasado, porque también él sabía que crea monstruos.

El secreto de Cervantes está en que se toma en serio al joven que fue, a sabiendas de que ya no es; lo mantiene vivo y muy a su pesar lo mata, sin dejar de quererlo. Descartes, no muchos años después de la muerte de Cervantes, pero en su misma órbita cultural, hace tabla rasa del pasado, con una fervorosa pasión adánica por empezar desde cero. Cervantes presiente a Descartes. Ya en él aparece el racionalismo moderno y quizá por eso ha resistido tan bien el paso de los siglos. Ya conoce la verdad naciente de los nuevos tiempos; ya no se deja embaucar por las fintas de la vieja cultura. Duda, y en la duda ha crecido siempre el mejor arte.

DON QUIJOTE EN BARCELONA

Juan José Solozábal

30/08/2005

Cuando consideramos que el *Quijote* es un clásico, proponemos que tal obra se puede leer con provecho fuera de su tiempo, pues sus enseñanzas, por ejemplo en relación con la idea de poder o de la nación, trascienden la época en que fue escrita. Naturalmente, reclamar la actualidad del *Quijote* para entender algunas cosas que nos pasan o que tal vez puedan preocuparnos hoy no quiere decir, me parece que todo lo contrario, que el *Quijote* pudiese ser escrito por alguien que no fuese Cervantes y que sea imaginable en otra circunstancia que la España de finales del reinado de Felipe II, esto es, en el comienzo del declinar de la España imperial. Sin duda, sus profundas lec- [illegible]

Cuando consideramos que el *Quijote* es un clásico, proponemos que tal obra se puede leer con provecho fuera de su tiempo, pues sus enseñanzas, por ejemplo en relación con la idea de poder o de la nación, trascienden la época en que fue escrita. Naturalmente, reclamar la actualidad del *Quijote*, para entender algunas cosas que nos pasan o que todavía pueden preocuparnos hoy, no quiere decir, me parece que todo lo contrario, que el *Quijote* pudiese ser escrito por alguien que no fuese Cervantes y que sea imaginable en otra circunstancia que la España de finales del reinado de Felipe II, esto es, en el comienzo del declinar de la España imperial. Sin duda, sus profundas lecciones sobre la vida, el destino, la amistad, la religión o la patria sólo son aceptables por su autenticidad, en cuanto provienen de un autor, que había viajado y sufrido, y que conocía tan bien el material del que están hechos los hombres y él mismo. Baste recordar a este propósito su vida de soldado, la participación de nuestro autor en la guerra contra el turco, sus años de cautiverio, así como su conocimiento de la Corte y diversos oficios, y una experiencia sentimental más bien amarga.

El *Quijote* tampoco puede imaginarse sin la España real de comienzos del siglo XVII. Lo dice bien María Zambrano: «El *Quijote* es el libro español más rico en paisajes, lleno de campo, de caminos y encinas, montes y riachuelos, cabras y rebaños». Libro de pueblo e iglesia, de nobles y labriegos, moriscos, letrados y bandidos. Merece la pena recordar la propuesta interpretativa de Pierre Vilar en su *Tiempo del Quijote* estableciendo un parangón entre el mundo de ensueño y locura quijotesco y la economía desquiciada de la época, dominada por la inflación que hacía imposibles cualquier previsión y seguridad, determinando cierta irrealidad de todo lo existente, como veían bien los arbitristas con González de Cellórigo a la cabeza: «No parece, señalaba éste, sino que se han querido reducir estos reynos a una república de hombres que viven fuera del orden natural».

Pero mi argumento, como indicaba al principio, es que, a pesar de esta circunstancia personal e histórica del *Quijote*, cabe alguna utilización actual, llámesele si se quiere un legado de Cervantes, sobre algunas ideas como son el poder o su imagen de España. Veámoslo brevemente.

1. Las reflexiones sobre el poder de Cervantes son más bien ambiguas. Cabe aducir ejemplos que denotan cierta tendencia iconoclasta, una visión bastante española de la justicia como convencimiento personal de lo que está bien o mal que resistiría difícilmente su filtraje institucional o procedimental. Los pasajes antonomásicos serían el de la liberación de los condenados a galeras a los que don Quijote hace soltar con el peregrino argumento de que iban contra su voluntad. O el capítulo del azotamiento por el labrador rico de Andresillo. Recuérdese también el bellísimo encomio de la libertad, «por la que merece arriesgar la vida», que, como se sabe, figuraba en la convocatoria de una manifestación en defensa del orden constitucional y estatutario en San Sebastián, hace un par de años.

Pero don Quijote no es precisamente un anarquista. Hay un pasaje sobre el que yo creo que no se ha fijado suficientemente la atención y que es el siguiente. Durante el viaje a Barcelona, al final casi de la novela, don Quijote y Sancho se encuentran con Roque de Guinart, bandido de la época. Llega la hora de la noche, el tiempo de dormir, y todos se retiran; pero Roque lo hace a un lugar desconocido, que ignora incluso su propio lugarteniente, pues su cabeza está a precio y no puede confiar ni en su hombre más próximo. Es una situación de extrema inseguridad, que recuerda el estado de naturaleza, la posición en que se encuentran los hombres antes del pacto político, previa la aceptación del orden de justicia y paz del monarca absoluto. Decía Hobbes (pero en 1670, 55 años después del *Quijote)* que en el estado de naturaleza la vida de los hombres era «breve, solitaria y embrutecida». Asombrosamente, Cervantes utiliza casi las mismas palabras para denotar la anarquía en que se mueve Roque de Guinart:

«Roque pasaba las noches apartado de los suyos, en partes y lugares donde ellos no pudiesen saber dónde estaba, porque los muchos bandos que el visorrey de Barcelona había echado sobre su vida le traían inquieto y temeroso, y no se osaba fiar de ninguno, temiendo que los mismos suyos o le habían de matar o entregar a la justicia. Vida, por cierto, miserable y enfadosa».

2. También querría referirme a la idea de España que se desprende del *Quijote*, utilizada no ya como simple referencia ideológica, mucho menos como mero concepto político-administrativo, lo que algunos denominan las más de las veces con manifiesta impropiedad Estado español, sino como

comunidad espiritual destinataria de la primera lealtad, esto es, como verdadera patria.

El problema es de envergadura porque se trata de enfrentar la idea de que la nación, como sujeto político, sólo surge en el romanticismo, ligada necesariamente a diversas peculiaridades identitarias como la lengua, la cultura o la historia, y una vez que se ha conquistado la soberanía para el pueblo, arrebatándosela a los monarcas absolutos. La cuestión evidentemente tiene su trascendencia porque apunta a la legitimidad: tras el nacionalismo sólo las naciones pueden aspirar al poder político y los Estados no nacionales deben ceder el paso a las auténticas comunidades nacionales, esto es, las naciones sin Estado. En nuestro caso está bien claro: el Estado español no es una nación, es un mero aparato administrativo o artefacto de poder, hasta este momento compartido por los auténticos sujetos legitimados desde un punto de vista político que son las nacionalidades, cuyo futuro político sólo puede ser construido en libertad a través de la autodeterminación.

Lo que el *Quijote* vendría a probar es que hay otro modo de entender el pluralismo territorial español, compatibilizando su efectivo reconocimiento con la aceptación de un ámbito de integración superior que es España, en cuanto verdadera nación.

Destaca en el *Quijote*, en efecto, en primer lugar el escenario ampliamente español en que se desarrolla la acción: La Mancha, desde luego, pero también Castilla, Aragón, Cataluña, la Sierra Morena de Andalucía. Españoles de todas procedencias pueblan sus páginas: asturianos, vizcaínos, castellanos, manchegos. Todos ellos a través de sus oficios, caracteres o aptitudes, denotan su procedencia, que Cervantes reconoce y aprecia.

Recordemos el viaje de don Quijote a Barcelona. El trato que la sociedad catalana concede a don Quijote en ningún momento incomoda o le hace sentir extraño al manchego. Todo lo contrario: don Quijote ya era conocido allí, se pasea por sus calles, visita un establecimiento donde se imprime la segunda parte de sus aventuras, pasa unos plácidos días con don Antonio Moreno y departe con la sociedad catalana en un sarao que organiza la mujer de éste. Un ambiente compatible con la descripción cervantina de Barcelona como «archivo de cortesía», correspondencia grata de firmes amistades y «en sitio y en belleza única».

Cervantes utiliza la expresión *patria* en el sentido de lugar natal o procedencia local. Cuando casi al final de la novela don Quijote se encuentra con don Álvaro de Tarfe, que es un personaje que sale en el libro de Avellaneda, en un episodio que Cervantes aprovecha para saldar cuentas con el plagiario (suceso evocado especialmente en la despedida de los dos caballeros maravillosamente por Azorín), Don Quijote le pregunta a don Álvaro dónde va de camino, y contesta el caballero, cortésmente:

—Yo, señor, voy a Granada, que es mi patria—. A lo que responde Don Quijote con un expresivo:

—Y buena patria.

Al final del capítulo a que me refiero ante el definitivo y fatal regreso de don Quijote y su escudero, al descubrir su aldea (no nombrada), dice Sancho:

—Abre los ojos, deseada patria, y mira que vuelve a ti Sancho Panza tu hijo, si no muy rico, sí muy azotado.

Pero hay otra acepción de patria como comunidad espiritual, a la que no sólo se pertenece como ciudadano o súbdito, sino en la que uno se reconoce afectivamente como miembro. Es la verdadera patria, la nación a la que se debe la lealtad primera y más alta. En el *Quijote* encontramos sin duda una ejemplificación de lo que Maravall llamó en su día acertadamente protonacionalismo.

Esta idea de España como patria la formula Ricote, el morisco expulsado del pueblo de Sancho en 1610 que vuelve clandestinamente a La Mancha. Todavía nos emociona escuchar la oración de

Ricote, en quien la dureza del exilio no logró amortiguar el amor a la patria, todavía más alto que el propio amor a la familia y a los suyos:

«Doquiera que estamos lloramos por España, que, en fin, nacimos en ella y es nuestra patria natural... No hemos conocido el bien hasta que le hemos perdido; y es el deseo tan grande que casi todos tenemos de volver a España. Que los más de aquellos, y son muchos, que saben la lengua, como yo, se vuelven a ella y dejan allá sus mujeres y sus hijos desamparados: tanto es el amor que la tienen; y agora conozco y experimento lo que suele decirse, que es dulce el amor de la patria».

MEDITACIÓN DE LA MONCLOA

Enrique Gil Calvo

23/08/2005

De entre todo el alud de publicaciones, conferencias, seminarios y exposiciones con que se está conmemorando el cuarto centenario del *Quijote*, destacan por mérito propio los trabajos dedicados a releer la interpretación que hace casi un siglo avanzó Ortega y Gasset de nuestro mayor mito nacional. Es verdad que la orteguiana es una reconstrucción sesgada de la gran novela cervantina que, según propone Anthony Close (en una línea algo distinta a la de Mijaíl Bajtin), habría que leer en clave de humor costumbrista y no de trascendencia romántica, como se ha empeñado en hacer la filología española secundando al idealismo alemán. Pero si bien Ortega tampoco escapó al melodramatismo de la tragedia nacional, tal como habían hecho sus predecesores del 98 (Ganivet, Azorín, Unamuno, etcétera), lo cierto es que su interpretación es lo suficientemente sofisticada como para merecer la entusiasta revisión que ahora le dedican especialistas como Pedro Cerezo, José Lasaga, José Luis Villacañas y José Luis Molinuevo, quienes releen las *Meditaciones del Quijote* a la luz de otros textos relacionados, como la reconstruida *Meditación de El Escorial.*

Simplificando mucho, el *Quijote* es para Ortega el mito mayor de la cultura española, al que se debe comparar con los demás mitos análogos, como el de Don Juan o El Escorial, para construir con ellos un esbozo de lo que cabe llamar *ideología española.* Por este concepto cabe entender la versión española del idealismo alemán, que conduce a perder el contacto con la realidad objetiva de las cosas. Recuérdese el axioma de Ortega: «Yo soy yo y mis circunstancias, y si no las salvo a éstas, no me salvo yo». Pues bien, el idealismo consiste en interpretar la realidad circunstancial sólo a partir de la subjetividad y el voluntarismo de cada yo particular. Pero esta ruptura con la realidad es celebrada por el idealismo español de dos formas aparentemente contrapuestas, pero en el fondo idénticas. O bien se falsifica la realidad para sustituirla por un utópico ideal imaginario, como hace el protagonista del *Quijote*, o bien se reniega de ella para destruirla con egocéntrica agresividad, como hacen Don Juan y los demás héroes nihilistas del fatalismo trágico de la España negra. Pero en ambos casos se impone un voluntarismo unilateral sin objeto ni razón, que sólo conduce a la ruptura *con* el objeto (falsificación alucinatoria de don Quijote) o a la ruptura *del* objeto (nihilismo iconoclasta de Don Juan). Y frente a este vicio tan español del voluntarismo unilateral, que se manifiesta tanto a escala personal (individualismo) como colectiva (el particularismo de la *España invertebrada)*, Ortega propone como antídoto y ejemplo de virtud española el objetivismo de Velázquez y el perspectivismo de Cervantes, cuyo pluralismo multilateral *(alcionismo)* le permite dar cuenta y razón a la vez de todas las visiones posibles de las cosas.

Creo que esta síntesis orteguiana de la ideología española es tan certera como lúcida. Y más allá de su origen en el análisis de las obras culturales, también puede aplicarse a la realidad política, tanto histórica como contemporánea. No hay espacio aquí para desarrollar la evolución del quijotismo y el donjuanismo políticos desde 1600 (pérdida de la hegemonía europea e inicio del ensimismamiento y la tibetanización), tal como pretendía Ortega cuando denunciaba las peores consecuencias del particularismo de la España invertebrada. Pero en su lugar sí se puede hacer el ejercicio intelectual de rastrear ambos vicios políticos, donjuanismo y quijotismo, en la actualidad española. En el escenario de nuestra flamante democracia, ¿quién hace de Don Juan, quién de don Quijote y quién de Cervantes?

En cuanto al donjuanismo político, la pregunta que habría que hacerse es quién no hace de Don Juan en nuestra comedia nacional, donde la voluntad de desacreditar al adversario para destruir su reputación es el común denominador que iguala a toda nuestra clase política: aunque sólo sea a este respecto, sí que parecen los mismos perros con distintos collares, ladrando todo su rencor por las cuatro esquinas. Pero si bien la pugna por deshonrar al adversario es general, hoy destacan por su agresivo nihilismo los que podemos llamar los *talibanes* de la política, cuyo único programa es la destrucción del rival. Y con este epíteto no me refiero sólo a la fracción de CIU que se conoce por ese nombre (conjurada para impedir que el tripartito de Maragall reforme por consenso un nuevo Estatut constitucionalmente viable), sino en general a todos los portavoces de los partidos, y en particular a los especialistas del PP, que están dedicados a tiempo completo a sembrar el odio y la desconfianza. Y aquí se lleva la palma, como es notorio, el iconoclasta señor Aznar, un *talibán* profesional que ha consagrado su vida a renegar de todos aquellos que no se plieguen a su voluntad.

Respecto al quijotismo político, su máxima representación se suele atribuir al famoso *talante* de

ZP, con su *buenismo* profesional, su idealismo utópico defensor de los derechos de los más débiles (mujeres, homosexuales, inmigrantes, etcétera) y su autoproclamado optimismo antropológico. Pero esta máscara quijotesca podría no ser otra cosa que una imagen mediática, destinada a componer la figura mientras el auténtico Rodríguez Zapatero (como Alonso Quijano disfrazado de don Quijote) hace lo que puede para encubrir su debilidad política. Enseguida volveré sobre esto. Pero mientras tanto hay que advertir que los verdaderos quijotes de nuestra comedia política son todos aquellos nacionalistas que, confundiendo sus prosaicos territorios con gigantes históricos, pretenden inventarse cada cual su particular Estado-ficción, auténtica ínsula Barataria que les permita evadirse de la realidad española. Para eso construyen Estatutos disfrazados de Constituciones como si fuesen castillos en el aire o en la arena, mientras los honrados sanchopanzas, así como los demás mesoneros y molineros, se quedan perplejos al advertir las alucinatorias fantasías de sus señores. Pues hoy don Quijote se llama Maragall, Ibarretxe o Carod Rovira.

Y queda Cervantes, el autor escondido tras sus personajes que no parece tener perspectiva propia porque hace suyas a la vez todas las de sus criaturas de ficción, por contradictorias e incompatibles que sean éstas entre sí. ¿Qué actor político asume hoy en España esta perspectiva pluralista y multilateral que Ortega denominó *alcionismo?* Nadie más que Rodríguez Zapatero, a quien la oposición acusa de falta de liderazgo porque carece de posición política propia, siendo su único programa el dialogar con unos y con otros dejando que todos se relacionen entre sí a su particular albedrío. Es la metáfora de la España plural, con la que Cervantes y Zapatero parecen confundirse a la espera de salvarse a sí mismos (como Ortega quería) si salvan a todas sus circunstancias, por plurales y adversas que éstas sean. Pero hay una diferencia entre ambos, y es que Cervantes no era nada más que un novelista (aunque llegara a ser el primero de todos) obligado a servir a sus lectores, mientras que Zapatero es nada menos que un gobernante obligado a ejercer el poder que le confiaron sus electores.

EL GRAN DIÁLOGO DEL QUIJOTE

Fernando Vallejo

10/09/2005

Conferencia dada el 7 de junio de 2005 en el Instituto Cervantes de Berlín.

A cuatrocientos años de su publicación el *Quijote* sigue asombrándonos con sus riquezas y complejidades sin que alcancemos a desentrañar todavía su significado profundo. Tres veces lo he leído, en tres épocas muy distintas de mi vida, y las tres con la misma mezcla de asombro y devoción y riéndome a las carcajadas como si alguien me hubiera soltado la cuerda de la risa. Como la primera vez que lo leí era un niño y la última fue hace poco, o sea de viejo, esas carcajadas me dicen que sigo siendo el mismo, tan igual a mí mismo como es igual a sí misma una piedra, y que por lo menos en este mundo cambiante y de traidores que me tocó vivir jamás me he traicionado, y así me voy a morir en la impenitencia final, y no como don Quijote renegando de su esencia y abominando de los libros de caballería. Yo no: me moriré maldiciendo al Papa, a Cristo, a Moisés, a Mahoma, a la Iglesia católica, a la protestante, a la religión musulmana, y bendiciendo a Nuestro Señor Satanás el Diablo, con quien mantengo un diálogo cordial permanente. Los alemanes nunca me entenderán porque no son españoles como yo, que aunque ando con pasaporte colombiano por los aeropuertos de este mundo en esencia soy español pues pienso en español, sueño en español, hablo en español, blasfemo en español y me voy a morir en español, en la impenitencia final concebida en palabras españolas, tras de lo cual caeré en picada rumbo a los profundos infiernos como la piedra que les digo a continuar allá en español el diálogo que les digo con el que les digo.

Mientras tanto, y entrando en materia, ¿qué era lo que le pasaba a don Quijote? Hombre, que se le botó la canica, como a Hitler, como a Castro, como a Wojtyla, y le empezaron a soplar vientos alucinados de grandeza en los aposentos de la cabeza. Y sin embargo don Quijote no fue un ser de carne y hueso: es una ficción literaria de un gentilhombre español que lo llevaba adentro y que ya al final de su desventurada vida de desastres lo logró pasar al papel apresándolo en palabras castellanas, un escritor del Siglo de Oro muy descuidado que no ponía comas, ni puntos y comas, ni dos puntos, ni tildes, ni nada, y que los ocho puntos que puso en su vida los puso mal, donde sobraban o en lugar de comas, pero que tenía el alma grande: Miguel de

Cervantes Saavedra, quien en una página ponía *mismo* y en otra *mesmo*, en una *dozientas* y en otra *duzientas*, y no le importaba. Andrés le dijo a don Quijote que el labrador le debía «nueve meses, a siete reales cada mes. Hizo la cuenta don Quijote y halló que montaban setenta y tres reales, y díjole al labrador que al momento los desembolsase, si no quería morir por ello». Nueve multiplicado por siete da sesenta y tres y no setenta y tres. ¿Quién hizo mal la cuenta? ¿Don Quijote? ¿O Cervantes? ¿O fue una errata? Sabrá el Diablo, mi compadre.

Esos embrollos de Cervantes y esas cuentas de don Quijote me recuerdan la máquina de escribir de mi abuelo, en la que escribía sus memoriales, los interminables memoriales de un pleito que arrastró treinta años del juzgado al tribunal y del tribunal a la corte, hasta que se lo falló, por fin, la muerte, pero no en la Corte Suprema de Justicia de Colombia, que está tan en bancarrota como el resto del país, sino en la celestial. Le fallaron en contra. Y pese a lo bueno que fue lo mandaron a los infiernos porque vivió esclavo del terrible pecado de la terquedad. De niño, en un ataque de ira, atravesó una pared de bahareque a cabezazos. Era una terquedad ciega y sorda, que no oía razones, y su máquina una Rémington vieja y destartalada, de teclas desajustadas y con las letras sucias, que jamás limpió. «Abuelito», le decía yo, «¿por qué no limpiás esas letras, que la a parece e y la o parece ene?». «No», decía, «así enredan más». ¡Cómo quieren que ande yo de la cabeza! Y pensar que el nieto de ese señor es el que esta noche, en el Instituto Cervantes de Berlín nada menos, les va a explicar el *Quijote*. Hombre, eso, como diría don Quijote, es «pensar en lo excusado». En fin, a la mano de Dios.

«En un lugar de La Mancha de cuyo nombre no quiero acordarme...». Así empieza nuestro libro sagrado, con el «no quiero» más famoso que haya dicho un español en los mil años bien contados que lleva de existencia España. Y vaya, que es decir, pues para empecinados los españoles, que le hubieran podido dar lecciones a mi abuelo. ¿Y por qué no quiere acordarse Cervantes del nombre del lugar de La Mancha? Porque no se le da la gana. No quiere y punto. España no necesita razones. ¡Ah, cómo me gusta ese «no quiero», cómo lo quiero! En él me reconozco y reconforto, yo que sólo he hecho lo que he querido y nunca lo que no he querido. Entro a un bar de Madrid y entre tanto señor que grita y fuma pido a gritos con voz firme, sacando fuerzas de flaqueza: «¡Un whisky, camarero!». «Tómese mejor una caña fría que está haciendo mucho calor», me recomienda el necio. «No quiero ninguna caña, ni fría ni caliente, quiero un whisky, y si no me lo sirve ya, me lo voy a tomar a otro bar, a Andalucía». «Váyase mejor a Ávila de la santa que es más fresca», me contesta el maldito. Entonces, para darle una lección al maldito, tomo un tren de la Renfe y me voy a Andalucía a tomarme un whisky en el primer bar que encuentro. Así somos: queremos cuando queremos, y cuando no queremos no queremos. España es una terquedad empecinada. Por eso descubrió a América y la colonizó y la evangelizó y la soliviantó y la independizó y nos la volvió una colcha católica de retazos de paisitos leguleyos. La hazaña le costó su caída de la que apenas ahora, cuatrocientos años después, se está levantando, aunque a costa de sí misma. Hoy España no es más que una mansa oveja en el rebaño de la Unión Europea. ¡Pobre! La compadezco. Lo peor que le puede pasar al que es es dejar de ser.

Pero volvamos al «no quiero» a ver si por la punta del hilo desenredamos el ovillo y le descubrimos al *Quijote* la clave del milagro, su secreto. Parodia de lo que se le atraviese, el *Quijote* se burla de todo y cuanto toca lo vuelve motivo de irrisión: las novelas de caballerías y las pastoriles, el lenguaje jurídico y el eclesiástico, la Santa Hermandad y el Santo Oficio, los escritores italianos y los grecolatinos, la mitología y la historia, los bachilleres y los médicos, los versos y la prosa... Y para terminar pero en primer lugar y ante todo, se burla de sí mismo y del género de la novela de tercera persona a la que aparentemente pertenece y del narrador omnisciente, ese pobre hijo de vecino inflado a más, como Dostoievski, que pretende que lo sabe todo y lo ve todo y nos repite diálogos enteros como si los hubiera grabado con grabadora y nos cuenta, con palabras claras, cuanto pasa por la confusa cabeza de Raskolnikof como si estuviera metido en ella o dispusiera de un lector de pensamientos, o como si fuera ubicuo y omnisciente como Dios. Y no. No existe el lector de pensamientos, ni Dios tampoco. El Diablo sí, mi compadre, a quien he olido, tocado y visto: olido con estas narices, tocado con estos dedos y visto con estos ojos. ¡Al diablo con Dostoievski, Balzac, Flaubert, Eça de Queirós, Julio Verne, Cronin, Zola, Blasco Ibáñez y todos, todos, todos los narradores omniscientes de todas las dañinas novelas de tercera persona que tanto mal les han hecho a los zafios llenándoles de humo los aposentos vacíos de sus cabezas! ¡Novelitas de tercera persona a mí, narradorcitos omniscientes! ¡Majaderos, mentecatos, necios!

¿Y el *Quijote* qué? ¿No es pues también una novela de tercera persona de narrador omnisciente? ¡Pero por Dios! ¡Cómo va a ser una novela de tercera persona una que empieza con «no quiero»! Lo que es es una maravilla. En el *Qui-*

jote nada es lo que parece: una venta es un castillo, un rebaño es un ejército, unas odres de vino son unas cabezas de gigante, unas mozas del partido o rameras (que con perdón así se llaman) son unas princesas, y una novela de tercera persona es de primera. ¡Que si qué! Treinta veces cuando menos en el curso de su libro, en una forma u otra, Cervantes nos va refrendando el «no quiero» del comienzo para que no nos llamemos a engaño y no lo vayamos a confundir con los novelistas del común que vinieran luego, a él que es único, y nos vayamos con la finta (como dicen en México) de que lo que él cuenta fue verdad y ocurrió en la realidad y existió de veras el hidalgo de La Mancha. Y así, en el segundo capítulo, vuelve al asunto del *yo:* «Autores hay que dicen que la primera aventura que le avino fue la de Puerto Lápice; otros dicen que la de los molinos de viento; pero lo que yo he podido averiguar en este caso, y lo que he hallado escrito en los anales de La Mancha es que él anduvo todo aquel día, y al anochecer su rocín y él se hallaron cansados y muertos de hambre», etcétera. ¿No es esto una obvia tomadura de pelo? ¿Si don Quijote va solo, cómo pudieron saber los que escribieron los anales de La Mancha qué le pasó aquel día? Ya en la página anterior nos había dicho: «Yendo, pues, caminando nuestro flamante aventurero, iba hablando consigo mismo y diciendo: —¿Quién duda sino que en los venideros tiempos, cuando salga a luz la verdadera historia de mis famosos hechos, que el sabio que los escribiere no ponga, cuando llegue a contar esta mi primera salida tan de mañana, de esta manera?», etcétera. Pues el sabio es él, Cervantes, que es quien está inventando esos hechos y esos pensamientos, y puesto que el personaje es nuestro, ya que acaba de decir «nuestro flamante caballero», nosotros también los estamos inventando con él. Jamás Dostoievski, Balzac, Flaubert y demás embaucadores de tercera persona tendrían la generosidad y la amplitud de alma para hacernos coautores de sus libros porque ellos se creen Dios Padre y que están metidos hasta en el corazón del átomo. Cervantes no, Cervantes no se cree nadie y está jugando.

El yo que está implícito en el «no quiero» del primer capítulo y explícito en el «lo que yo he podido averiguar» del segundo, reaparece en el noveno: «Estando yo un día en el Alcaná de Toledo, llegó un muchacho a vender unos cartapacios y papeles viejos a un sedero; y como yo soy aficionado a leer aunque sean los papeles rotos de las calles», etcétera. Y al muchacho que dice le compra los cartapacios, que resultan ser la *Historia de don Quijote de la Mancha, escrita por Cide Hamete Benengeli, historiador arábigo*. En adelante

Cervantes seguirá alternando entre el yo implícito o explícito que ya conocemos y el Cide Hamete Benengeli que ha inventado para recordarnos que él y el historiador arábigo y don Quijote y todo lo que llena su libro son mera ilusión. ¿Y qué es la realidad, pregunto yo, sino mera ilusión? ¿O me van a decir que éste es el Instituto Cervantes de Berlín y que está de noche? A ese paso también existiría yo, cosa que no me haría ninguna gracia. Las ventas no son ventas y las rameras no son rameras. Las ventas son castillos y las rameras son princesas, y todo es humo que llena los aposentos vacíos de la cabeza.

¿Y si el *Quijote* no es una novela de tercera persona, qué es entonces, cómo lo podemos describir aunque sea por fuera? Es un diálogo. Un gran diálogo entre don Quijote y Sancho con la intervención ocasional de muchos otros interlocutores, y con Cervantes detrás de ellos de amanuense o escribano, anotando y explicando. Hojeen el libro y verán. Ahí todo el tiempo están hablando, conversando, en *pláticas*. Y de repente, «estando en estas pláticas», aparece gente por el camino y don Quijote les cierra el paso: «Deteneos, caballeros, o quienquiera que seáis, y dadme cuenta de quién sois, de dónde venís, adónde vais, qué es lo que en aquellas andas lleváis». Eso, o cosa parecida, dice siempre, y siempre le contestan que llevan prisa y que no se pueden detener a contestarle tanta pregunta. «Sed más bien criado», replica entonces don Quijote, «y dadme cuenta de lo que os he preguntado; si no, conmigo sois todos en batalla». ¡Y se le suelta el resorte de la ira! Las escenas de acción del *Quijote* (don Quijote acometiendo los molinos de viento o las odres de vino o el rebaño de ovejas o liberando a los galeotes), que son las que ilustró Doré, ocupan una veintena de páginas, y el libro tiene mil. De esas mil, otras doscientas las ocupan las novelas incorporadas, ¿y qué es el resto? Son conversaciones, pláticas. Y he aquí la razón de ser de Sancho Panza y la explicación de la primera de las tres salidas de don Quijote, que fue una salida en falso. Don Quijote sale solo y una veintena de páginas después Cervantes lo hace regresar. ¿A qué? ¿Por dinero, unas camisas limpias y un escudero que se le olvidaron, según dice? No, lo que se le olvidó fue algo más que el dinero, las camisas y el escudero, se le olvidó el interlocutor, y sin interlocutor no hay *Quijote*. Eso lo sintió muy bien Cervantes cuando escribía las primeras páginas, que el libro que tenía en el alma era un diálogo y no una simple serie de episodios como los del *Lazarillo* o del *Guzmán de Alfarache*, quienes van solos de aventura en aventura, sin interlocutor. Ésta es la diferencia fundamental entre el *Quijote* y las novelas picarescas. Un escritor de hoy (de los que creen que escriben para la eternidad) borra esas primeras veinte páginas y empieza el libro de nuevo haciendo salir a don Quijote acompañado por Sancho desde el comienzo. Pero un escritor del Siglo de Oro no, y menos Cervantes a quien le daba lo mismo *mismo* y *mesmo*.

¡Que iba a borrar nada! ¡Si ni siquiera releía lo que había escrito! Y cuando acabada de salir la primera edición del *Quijote* sus malquerientes le hicieron ver las inconsecuencias del robo del rucio de Sancho, que aparece y desaparece sin que se sepa por qué, y se vio obligado a escribir, para la primera reimpresión, un pasaje que aclarara el asunto y enmendará el defecto, lo puso mal, en el sitio en que no era, y el remedio resultó peor que la enfermedad. ¡Pero cuál defecto! Estoy hablando con muy desconcertadas razones. El *Quijote* no tiene defectos: los defectos en él se vuelven cualidades. ¿Cómo va a ser un defecto, por ejemplo, la prosa desmañada de Cervantes, la del escribano que va detrás de don Quijote y Sancho anotando lo que dicen y explicando lo que les pasa? Todo lo que dice don Quijote es maravilloso, todos sus parlamentos y réplicas, largas o cortas, y sus insultos, sus consejos, sus arengas, todo, todo. Si la prosa de Cervantes también lo fuera, las palabras de don Quijote serían opacadas por ella o cuando menos contrarrestadas. No es concebible el *Quijote* narrado en la prosa de Azorín o de Mujica Láinez. Azorín y Mujica Láinez son grandes prosistas, pero no grandes escritores. El gran escritor es Cervantes. Inmenso. Y su instinto literario, certero como pocos, le indicaba que la única forma posible de intervenir él era en una prosa deslucida y torpe, la cual, dicho sea de paso, no le costaba gran trabajo pues no sólo era mal poeta sino mal prosista. Y descuidado y desidioso e ingenuo. ¿No se les hace una ingenuidad que a cada momento nos esté repitiendo que don Quijote está loco y cacareándonos, en una forma u otra, su locura? Un ejemplo: «Esos pensamientos le hicieron titubear en su propósito; mas, pudiendo más su locura que otra razón alguna, propuso de hacerse armar caballero del primero que topase». Otro ejemplo: «Con éstos iba ensartando otros disparates». Otro más: «El ventero, que, como está dicho, era un poco socarrón y ya tenía algunos barruntos de la falta de juicio de su huésped». Otro: «y trújole su locura a la memoria aquel de Valdovinos y del marqués de Mantua». Me niego a aceptar que Cervantes trate a don Quijote de loco. El loco es él, que se hizo dar un arcabuzazo en la mano izquierda en la batalla de Lepanto y le quedó anquilosada. A mí a don Quijote no me lo toca nadie. Ni Cervantes.

Don Quijote es el personaje más contundente de la literatura universal, ¿y saben por qué? Porque es el que habla más. Y el que habla más es el que tiene más peso. Para eso le puso Cervantes a su lado a Sancho, para que pudiera hablar y Sancho a su vez le devolviera sus palabras cambiadas, como las cambia el eco. A mí que no me vengan con Hamlet, ni con Raskolnikof, ni con Madame Bovary, ni con el *père* Goriot. Esos son alebrijes de papel maché de los que hacen en México. O espantajos de paja o alfeñiques de azúcar. Al lado de don Quijote, Hamlet y compañía no llegan ni a la sombra de una sombra. Cierro los ojos y veo a don Quijote con su lanza, su adarga y su baciyelmo. Los vuelvo a cerrar para ver a Hamlet y no lo veo. ¿Cómo será el príncipe de Dinamarca? No sé. Presto entonces atención y oigo a don Quijote: «Pues voto a tal, don hijo de la puta, don Ginesillo de Paropillo, o como os llaméis, que habéis de ir vos solo, rabo entre piernas, con toda la cadena a cuestas». Y oigan esta otra maravilla: «Eso me semeja», respondió el cabrero, «a lo que se lee en los libros de caballeros andantes, que hacían todo eso que de este hombre vuestra merced dice, puesto que para mí tengo o que vuestra merced se burla o que este gentilhombre debe de tener vacíos los aposentos de la cabeza». Entonces el gentilhombre, que es nadie más y nadie menos que don Quijote, le contesta: «Sois un grandísimo bellaco, y vos sois el vacío y el menguado, que yo estoy más lleno que jamás lo estuvo la muy hideputa puta que os parió». ¡Eso es hablar, eso es existir, eso es ser! ¡Ay, «to be or not to be, that is the question»! ¡Qué frasecita más mariconcita! ¿Hamlecitos a mí? ¿A mí Hamlecitos, y a tales horas? «¡Voto a tal, don bellaco, que si no abrís luego luego las jaulas, que con esta lanza os he de coser con el carro!». Ese «luego luego» que dijo don Quijote apremiando al carretero para que le abriera las jaulas de los leones me llega muy al corazón porque aunque ya murió en Colombia todavía lo sigo oyendo en México. Lo que sí no he logrado ver, en cambio, en México, es leones. Vivos, quiero decir, para que me los suelten.

Tenía mi abuelo, el de la máquina de las aes y las ees, un amigo de su edad, don Alfonso Mejía, hombre caritativo y bondadoso que se la pasaba citando historias edificantes y vidas de santos y rezando novenas. Mayor pulcritud de lenguaje y alma, imposible. Solterón, se había hecho cargo de tres sobrinas quedadas, y vivían enfrente de la finca Santa Anita de mi abuelo, en otra finca, cruzando la carretera. Pues he aquí que un día, como a don Quijote, se le botó la canica. Y el pulcro, el ejemplar, el bien hablado de don Alfonso

Mejía el bueno, el de alma limpia, mandó a Dios al diablo y estalló en maldiciones. Una vez lo oí gritándole desde el corredor de su casa a una mujercita humilde embarazada que venía con otra por la carretera: «¿Adónde vas, puta, con esa barriga, quién te preñó? Decí a ver, decí a ver, ¿qué llevás ahí adentro? ¿El hijo patizambo de Satanás? ¡Ramera!». Lo que siempre he dicho, éste es el mejor idioma para esta raza que nunca ha estado muy bien de la cabeza.

Me dicen que el alemán tiene pocos insultos. ¡Pobres! ¿Y cómo le hacen? ¿Se matan, o qué? ¿Y las traducciones del *Quijote* al alemán? ¿No pierde mucho vertido a esta lengua atildada y filosófica nuestro *hideputa*? O planteado de otra manera: ¿se puede desquiciar en alemán el alma humana? La tercera traducción del *Quijote* fue al alemán, hecha pocos años después de que apareciera el original español. La primera traducción había sido al inglés, la de Thomas Shelton, de 1612; y la segunda al francés, de 1614 y de Oudin. Oudin el grande, el gramático, a quien admiro y cuya muerte envidio. «Je m'en vais ou je m'en va pour le bien ou pour le mal» se preguntó en su lecho de muerte, y sin alcanzar a resolver este tremendo problema de gramática murió. ¡Qué muerte más hermosa! Así me quiero morir yo, tratando de apresar este idioma rebelde hecho de palabras de viento, y llorando en mi interior por él, por lo que no tiene remedio, por el adefesio en que me lo ha convertido el presidente Fox de México. ¡Pobre lengua española! ¡Haber subido tan alto y haber caído tan bajo y servir hoy para rebuznar! En homenaje a César Oudin, primer traductor del *Quijote* al francés y gramático insigne, y en recuerdo de la *Hispanica lingua* que un día fue y ya no es, *in memoriam*, guardemos un minuto de silencio.

Antes de Cervantes la novela pretendió siempre que sus ficciones eran verdad y le exigió al lector que las creyera por un acto de fe. Ése fue su gran precepto, la afirmación de su veracidad, así como la tragedia tuvo el suyo, el de la triple unidad de tiempo, espacio y tema. Vino Cervantes e introdujo en el *Quijote* un nuevo gran principio literario, el principio terrorista del libro que no se toma en serio y cuyo autor honestamente nos dice que lo que nos está contando es invento y no verdad. Lo cual es como negar a Dios en el Vaticano. Por algo pasó Cervantes cinco años cautivo en Argel. De allí volvió graduado de terrorista *summa cum laude*. Y así el cristiano bañado en musulmán, en el *Quijote* se da a torpedear los cimientos mismos del edificio de la novela, su pretensión de veracidad. Cuatrocientos años después, el polvaderón que levantó todavía no se asienta. ¡Cuáles torres gemelas! Ésas son nubes de antaño disipadas hogaño.

Total, la novela no es historia. La novela es invento, falsedad. La historia también, pero con bibliografía. En cuanto a don Quijote, creyente fervoroso en la letra impresa y para quien Amadís de Gaula ha sido tan real como Ruy Díaz de Vivar, las confunde ambas. A él no le cabe en la cabeza que un libro pueda mentir. A mí sí. Para mí todos los libros son mentira: las biografías, las autobiografías, las novelas, las memorias, Suetonio, Tácito, Michelet, Dostoievski, Flaubert.

... ¡Ay, dizque «Madame Bovary c'est moi»! ¿Cómo va a ser Flaubert Madame Bovary si él es un hombre y ella una mujer? Michelet miente y Flaubert doblemente miente. Una de nuestras grandes ficciones es llamar a nuestra especie *Homo sapiens*. No. Se debe llamar *Homo alalus mendax*, hombre que habla mentiroso. La palabra se inventó para mentir, en ella no cabe la verdad. El hombre es un mentiroso nato y la realidad no se puede apresar con palabras, así como un río no se puede agarrar con las manos. El río fluye y se va, y nosotros con él.

Libro sobre otros libros, el Quijote no es posible sin la existencia previa de las novelas de caballería. Es literatura sobre la literatura, invento sobre otros inventos, mentira sobre otras mentiras, ficción sobre otras ficciones. Don Quijote sale al camino a imitar a los héroes de los libros de caballería que tan bien conoce, soñando con que un sabio como los que aparecen en ellos algún día escriba uno sobre él narrando sus hazañas. Pues bien, Cervantes el amanuense es el sabio que lo va escribiendo. Sólo que a medida que lo va escribiendo y que va inventando a don Quijote lo va negando, como Pedro a Cristo. Entre líneas Cervantes nos repite todo el tiempo: miren lo que dice y hace este loco que me inventé, ¿no se les hace muy gracioso? Pero no vayan a creer que es verdad. Nada de eso. Yo de desocupado estoy inventando, y ustedes de desocupados me están leyendo. Y así no sólo no me quiero acordar del lugar de La Mancha de donde era mi hidalgo, sino que ni siquiera le pongo un nombre cierto: «Quieren decir que tenía el sobrenombre de Quijada o Quesada, que en esto hay alguna diferencia en los autores que de este caso escriben, aunque por conjeturas verisímiles se deja entender que se llamaba Quijana. Pero esto importa poco a nuestro cuento: basta que en la narración de él no se salga un punto de la verdad». Esto dice en la primera página de la primera parte. Diez años más tarde y mil páginas después, al final de la segunda parte, que es de 1615, y a un paso de acabarse definitivamente el libro y de morir don Quijote y un poco después su autor, Cervantes le hace decir a su héroe moribundo: «Dadme albricias, buenos señores, de que ya yo no soy don Quijote de La Mancha, sino Alonso Quijano, a quien mis costumbres me dieron renombre de bueno». Ah, sí, pero al labrador que lo recogió todo maltrecho al final de la primera salida, en las primeras páginas de la primera parte, le hizo decir: «Mire vuestra merced, señor, pecador de mí, que yo no soy don Rodrigo de Narváez, ni el Marqués de Mantua, sino Pedro Alonso, su vecino; ni vuestra merced es Valdovinos, ni Abindarráez, sino el honrado hidalgo del señor Quijana». En qué quedamos: ¿Quijano o Quijada o Quijana o Quesada? «Yo sé quién soy», le responde don Quijote a su vecino Pedro Alonso, «y sé que puedo ser, no sólo los que he dicho, sino todos los Doce Pares de Francia y aun todos los nueve de la Fama». Con uno así no se puede razonar. Que se llame como le dé la gana.

La segunda parte del *Quijote*, cuyo cuarto centenario celebraremos dentro de 10 años si China y Estados Unidos no vuelan esto, lleva a su plena culminación la idea terrorista del libro en burla. Sabemos que quien se esconde tras el nombre de Alonso Fernández de Avellaneda, vecino de Tordesillas, se le adelantó a Cervantes en unos meses escribiendo la segunda parte que conocemos como el *Quijote* apócrifo, o sea, el que no ha sido inspirado divinamente, como sí lo fue el auténtico. Porque que Dios le dictó las dos partes del *Quijote* auténtico a Cervantes, eso sí no tiene vuelta de hoja: es agua clara, aire límpido, cristal puro y transparente. Lo que no sabemos en cambio es para qué le dictó Dios a Cervantes semejante libro. ¿Para dar al traste con la vanidosa ficción novelesca? Pues si así fue, en la segunda parte Cervantes superó la inspiración que le dio Dios en la Primera. ¿Y saben con la ayuda de quién esta vez? De Avellaneda, nadie menos. Del impostor a quien Cervantes vuelve su instrumento y de cuyo libro apócrifo se apodera para volverlo papilla en el suyo. En Barcelona, poco antes de su encuentro con el Caballero de la Blanca Luna, quien lo derrotará precipitando el final, don Quijote entra a una imprenta (que no las conoce) con gran curiosidad de saber cómo se imprimen los libros, y pregunta una cosa y la otra y la otra hasta que de repente: «Pasó adelante y vio que asimismo estaban corrigiendo otro libro, y preguntando su título le respondieron que se llamaba la *Segunda parte del ingenioso hidalgo don Quijote de la Mancha*, compuesta por un tal, vecino de Tordesillas». ¡Pero cómo! ¿No que ya estábamos en la segunda parte? ¿Es posible que estemos viviendo y nos estén imprimiendo a la vez? ¡Claro, Gutenberg es milagroso! O mejor dicho, Gutenberg en manos de Cervantes, pues un alemán por sí solo no produce milagros. Por lo demás, como el vecino de Tordesillas no es Cervantes sino Avellaneda, entonces el *Quijote* que están imprimiendo no es el *Quijote*, ni el hidalgo don Quijote que está en prensa es el hidalgo don Quijote que está viendo imprimir. ¿Y hay forma de distinguirlos? ¡Claro! Avellaneda es un pobre hijo de vecino y Cervantes un genio. ¿Habráse visto mayor disparate que el de Avellaneda cuando hace meter a don Quijote al manicomio de Toledo? Si don Quijote estuviera loco, en casa de ahorcado no se mienta soga. ¡Y decir que don Quijote es de Argamasilla! ¡Qué ocurrencias las de este majadero! Don Quijote es de un lugar de La Mancha de cuyo nombre no quiero acordarme.

Poco después del episodio de la imprenta viene el encuentro fulgurante de don Quijote con el Caballero de la Blanca Luna quien lo derriba y se va sobre él y poniéndole la lanza contra la visera lo conmina a que acepte las condiciones pactadas antes del duelo, a lo que don Quijote, como hablando desde dentro de una tumba y con voz debilitada y enferma, responde: «Dulcinea del Toboso es la más hermosa mujer del mundo y yo el más desdichado caballero de la tierra, y no es bien que mi flaqueza defraude esta verdad. Aprieta, caballero, la lanza y quítame la vida, pues me has quitado la honra». Yo no sé si Dulcinea del Toboso fuera, como decía don Quijote, la más hermosa mujer del mundo, pero lo que sí sé es que ésta es la frase más hermosa del *Quijote*. En ella cabe toda nuestra fe: vencedora o vencida, España es grande.

En un mesón del camino, ya de regreso a casa y rumbo a la muerte, ocurre un encuentro asombroso, de esos que sólo se pueden dar en la realidad milagrosa que crea la letra impresa: don Quijote se cruza con don Álvaro Tarfe, que es un personaje muy importante del *Quijote* apócrifo, y lo convence de que el don Quijote que conoció don Álvaro en ese libro es falso, y que el auténtico es el que tiene enfrente. «A vuestra merced suplico, por lo que debe a ser caballero, sea servido de hacer una declaración ante el alcalde de este lugar de que vuestra merced no me ha visto en todos los días de su vida hasta ahora, y de que yo no soy el don Quijote impreso en la segunda parte, ni este Sancho Panza mi escudero es aquel que vuestra merced conoció». ¡Como si él no estuviera, en el momento en que lo dice, en otra segunda parte! Todos andamos siempre en una segunda parte, hasta tanto no se nos acabe el libro y nos entierren o nos cremen. Y don Álvaro le responde: «Eso haré yo de muy buena gana, aunque cause admiración ver dos don Quijotes y dos Sanchos a un mismo tiempo tan conformes en los nombres como diferentes en las acciones; y vuelvo a decir y me afirmo que no he visto lo que he visto, ni ha pasado por mí lo que ha pasado». ¡Fantástico! Sólo que en su respuesta don Álvaro implícitamente también se está negando a sí mismo. ¿O qué le asegura que en el momento que habla él es el Álvaro Tarfe auténtico? «Muchas de cortesías y ofrecimientos pasaron entre don Álvaro y don Quijote, en las cuales mostró el gran manchego su discreción, de modo que desengañó a don Álvaro Tarfe del error en que estaba; el cual se dio a entender que debía de estar encantado, pues tocaba con la mano dos tan contrarios don Quijotes». El que no se niegue a sí mismo en el *Quijote* no existe. Negarse allí es el precio de existir.

¡Qué más da que fuera venta o castillo! Total, ya no hay ventas ni hay castillos. Todo lo borra Cronos. Hoy construye y mañana tumba; hoy une y mañana desune. Pero lo que con más saña le gusta destruir al dueño loco de la Historia son los idiomas. Lanza un ventarrón burletero y barre con sus deleznables palabras. Y luego, para rematar, les ventea encima polvo. Leyendo el *Quijote* por tercera vez, ahora en la edición de las Academias que acaba de aparecer con notas de Francisco Rico, al llegar a la frase: «Estaban acaso a la puerta dos mujeres mozas, de estas que llaman del partido, las cuales iban a Sevilla con unos arrieros», como hay una llamada numerada en *arrieros*, bajo los ojos a las notas de pie de página y encuentro la siguiente explicación: «conductores de animales de carga y viaje». Y algo después, en la frase: «Antojósele en esto a uno de los arrieros que estaban en la venta ir a dar agua a su recua...», nueva llamada y abajo la explicación de recua: «grupo de mulas». ¡Pero por Dios! ¡Venirme a explicar a mí qué es una recua o un arriero! ¿A a mí que nací en Antioquia que vivió por siglos encerrada entre montañas y que si algo supo del mundo exterior fue por los arrieros, que nos traían las novedades y noticias de afuera, y entre los bultos de sus mercancías, sobre los lomos de las mulas de sus recuas, ejemplares del *Quijote?* Arrieros eran los que nos arriaban el tiempo, remolón y perezoso entonces, y le decían «¡arre, arre!» para que se moviera. ¡Ay, carambas, mejor lo hubieran dejado quieto!

«En un lugar de La Mancha de cuyo nombre no quiero acordarme, no ha mucho tiempo que vivía un hidalgo de los de lanza en astillero, adarga antigua, rocín flaco y galgo corredor». Ya nadie sabe que el astillero era la percha en donde se colgaban las armas, ni la adarga un escudo ligero, ni el rocín un caballo de trabajo, y Francisco Rico nos lo tiene que explicar en sus notas. Señores, les pronostico que en 2105, en el quinto centenario del gran libro de Cervantes, no habrá celebraciones como éstas. Dentro de cien años, cuando al paso a que vamos el *Quijote* sean puras notas de pie de página, ya no habrá nada que celebrar, pues no habrá *Quijote*. La suprema burla de Cronos será entonces que tengamos que traducir el *Quijote* al español. ¿Pero es que entonces todavía habrá español? ¡Jua! Permítanme que me ría si a este engendro anglizado de hoy día lo llaman ustedes español. Eso no llega ni a *espanglish*. Por lo pronto, en tanto se acaba de terminar esto, recordemos a ese hombre de alma grande que nació en Alcalá de Henares, que anduvo por Italia en sus años mozos al servicio del cardenal Acquaviva, que peleó en la batalla de Lepanto donde perdió una mano, que sufrió cautiverio en Argel, que quiso venir a América sin lograrlo, que pagó injustamente cárcel, que vivió entre los dos más grandes fanatismos que haya conocido la Historia —el musulmán y el cristiano, sin permitir jamás, sin embargo, que ninguno de ellos le manchara el alma—, que padeció las incertidumbres de la realidad y las miserias de la vida, que nunca odió ni traicionó ni conoció la envidia, que escribió mal teatro, malos versos y mala prosa pero que logró hacer que existiera y hablara, con palabras castellanas, el personaje más deslumbrante y hermoso de la literatura haciéndolo pasar por loco, san Miguel de Cervantes que desde el cielo nos está viendo.

DIOSA ESQUIVA DULCINEA

Alfredo Fierro

14/09/2005

[illegible] momento me [illegible] hasta [illegible] del cielo, de [illegible] [illegible] Nos [illegible] el alféreza, el [illegible] que [illegible] un [illegible] [illegible] un [illegible] Dios [illegible] y [illegible] nombre A, [illegible] entonces [illegible] tanto [illegible] para [illegible] y [illegible] da [illegible] entre 1, [illegible] ¿Qué es [illegible] del amor no correspondido

[illegible] Oscar —[illegible] dos [illegible]

En el principio fue Dulcinea. Estaba Ella en lo más alto del cielo de Platón y Ella misma era diosa, era la Idea. No es que, enloquecido ya por los libros de caballería, el hidalgo haya de buscarse una dama. No es que Cervantes primero piense en la locura de un lector maníaco de libros equivocados y luego le asigne un amor platónico. Es que, al igual que la *Divina comedia* se debe a Beatriz, el *Quijote* se debe a Dulcinea, a aquella moza manchega que ignoró a Alonso Quijano —o a Cervantes—, enfermo ahora de ausencia y de desdén, tanto como para llamarla «bella ingrata» y «amada enemiga» (parte 1ª, capítulo 25). El *Quijote* es la elegía del amor no correspondido.

Alonso Quijano —o Cervantes— la ha visto a Ella una vez o dos, no más, en El Toboso o donde haya sido, en algún lugar del que no quiere ya acordarse. La ha visto o entrevisto adolescente, en la edad de las «muchachas en flor», como Dante a Beatriz, y se ha quedado con su herida, más que su imagen, en el alma. Tan apenas la ha entrevisto y tan borrada tiene su memoria, que no es capaz de dibujarla cuando se lo pide el duque: «Más estoy para llorarla que para describirla» (2ª, 32). En el *Quijote* nunca se deja ver el rostro de Ella. O, al contrario, sí: Ella está en todos los rostros de mujer hermosa que encuentra el caballero. El *Quijote* está lleno de mujeres bellas. La belleza es ahí, como en Nietzsche, una promesa de felicidad; promesa, sin embargo, que no llega a cumplirse. Y ante todas esas bellas, sean doncellas o no, y hasta si no son bellas, de Maritornes a Altisidora, don Quijote experimenta el tirón de Eros, al que sólo se resiste con el pensamiento de Ella, su sueño y su diosa.

Es Dulcinea, y no la caballería andante, la verdadera religión y credo de don Quijote. Cuando caído en tierra y derrotado, le amenace la lanza de Sansón Carrasco, renuncia a cabalgar por algún tiempo, pero no a su profesión de fe: «Es la más hermosa mujer del mundo... y no es bien que mi flaqueza defraude esta verdad» (2ª, 64).

Don Quijote dice servir a Dulcinea sin esperar premio alguno; y el bien despierto Sancho no duda en comentarle: «Con esa manera de amor he oído yo predicar que se ha de amar a Nuestro Señor» (1ª, 31). Sí, en efecto, es la manera del

«No me mueve, mi Dios, para quererte...». Es Dulcinea, en verdad, la diosa de don Quijote. Cuando éste dice: «Ella pelea en mí y vence en mí, y yo vivo y respiro en ella, y tengo vida y ser» (1ª, 30), Dulcinea ocupa el lugar del Dios cristiano, del que asegura Pablo: «En Él vivimos, nos movemos y somos». De ella, en fin, hace una declaración de fe —o de agnosticismo— que sólo corresponde a una divinidad inalcanzable: «Dios sabe si hay Dulcinea o no en el mundo, o si es fantástica» (2ª, 32), diosa tan escondida, por tanto, como el Dios de Pascal.

No cabe desconocerlo: del siempre actual *Quijote* resulta del todo inactual ese amor cortés, caballeresco, platónico y místico, no sólo ajeno a la vida y los usos amorosos de hoy, sino también psicopatológico, neurótico. Pudo haberlo escrito Freud, pero es Marx quien en el tercero de sus *Manuscritos*, de 1844, dice de forma contundente: «Si amas sin despertar amor, si tu amor no produce amor recíproco, si como hombre amante no te conviertes en hombre amado, tu amor es impotente, una desgracia».

Pero aun en esto, el *Quijote* permanece actual, no caducado. Para la educación sentimental de cualquier edad, la experiencia del amor no correspondido trae consigo una lección, que enuncia Marcela para justificar no haber amado a Ambrosio por mucho que éste le ame: «Todo lo hermoso es amable; mas no alcanzo que, por razón de ser amado, esté obligado lo que es amado a amar a quien le ama» (1ª, 14). Cuando don Quijote rehúse a Altisidora, que le acosa, dará a entender esa misma razón: el caballero no tiene la culpa de que se enamoren de él (2ª, 57).

Alonso Quijano recupera el juicio cuando se resigna a abandonar no sólo la caballería, sino a la diosa fantaseada. Cuando a punto de morir intenta Sancho por dos veces animarle con el recuerdo de Dulcinea, supuestamente ya desencantada, Alonso Quijano no entra al trapo y continúa dictando sus disposiciones testamentarias (2ª, 75). No sabemos si alegrarnos o entristecernos de ese regreso del hidalgo a la cordura, al realismo resignado. Lo que queda, desde luego, es el placer de haber leído no ya sólo la más inteligente burla de los libros de caballería, sino la más honda elegía por el «tiempo perdido», no recuperable ya, por los amores no correspondidos y por la diosa —o la felicidad— entrevista una vez, prometedora, y, sin embargo, esquiva siempre.

[illegible]
en Punta de [illegible]

[illegible]

[illegible]

Con [illegible] y sencillo, [illegible]

Otros títulos publicados en Punto de Lectura

A la mesa con don Quijote y Sancho

«Una olla de algo más vaca que carnero, salpicón las más noches, duelos y quebrantos los sábados, lentejas los viernes, algún palomino de añadidura los domingos, consumían las tres partes de su hacienda...» Así presenta Cervantes la mesa del ingenioso hidalgo don Quijote de la Mancha, y, de este modo, siguiendo las andanzas del noble caballero, Pedro Plasencia nos introduce en el panorama gastronómico del Siglo de Oro.

Con un lenguaje ameno y sencillo, el autor nos cuenta qué comían y cómo cocinaban hidalgos, campesinos, nobles o pícaros. Más que un recetario al uso, este libro es un muestrario de las excelencias gastronómicas del momento y las costumbres alimenticias de una época, la de los Austrias.

La invención del *Quijote*

El *Quijote* ha sido para Francisco Ayala compañero de su vida desde la niñez, referencia continua para su amplia producción literaria, modelo, espejo, amigo. En agradecimiento por todo ello, el autor granadino recoge ahora en forma de libro una serie de artículos y relatos que ha ido publicando a lo largo de los años en distintos medios, cada uno de los cuales explora un aspecto diferente de la inagotable obra de Cervantes. Textos como «La aventura del rebuzno», «El mito de don Quijote» o «El rapto» hacen de *La invención del Quijote* un homenaje, el tributo de un rendido admirador que con pluma de maestro descubre a todos los lectores la sabiduría, el ingenio, la modernidad y la vigencia de una novela prodigiosa.

España en tiempos del *Quijote*

No se puede entender el *Quijote* sin entender el periodo, el contexto histórico, la vida y las aventuras de su autor. Miguel de Cervantes no fue ajeno a las ansiedades e inquietudes de la España del siglo XVI y principios del XVII, un tiempo de fracasos, de peste y carestías, de corrupción, de temores, de crisis, de pérdida de la influencia política, de explotación y colonización, de violencias y crueldades. Pero también fue un tiempo de esperanza, de ilusión, de reforma, de diálogo entre culturas y sociedades, de paces y treguas…

Los historiadores Antonio Feros y Juan Gelabert han coordinado una obra en la que nos acercan a un siglo fundamental en la Historia de España y nos proporcionan el contexto necesario para facilitarnos la lectura del *Quijote*.